#CUIDADO
garotas apaixonadas 3

GUTE

Toni Brandão

#CUIDADO
garotas apaixonadas 3
GUTE

ilustrações
Dave Santana

São Paulo
2022

© **Antônio de Pádua Brandão, 2017**
2ª Edição, Global Editora, São Paulo 2022

Jefferson L. Alves — diretor editorial
Flávio Samuel — gerente de produção
Tatiana Costa — coordenadora editorial
Juliana Tomasello — assistente editorial
Carina de Luca e Amanda Meneguete — revisão
Dave Santana — ilustrações
Tathiana A. Inocêncio — projeto gráfico
Bruna Casaroti — diagramação
Danilo David — arte-final

Dados Internacionais de Catalogação na Publicação (CIP)
(Câmara Brasileira do Livro, SP, Brasil)

Brandão, Toni
  #Cuidado : garotas apaixonadas, 3 : Gute / Toni Brandão ;
ilustrações Dave Santana. – 2. ed. – São Paulo : Global Editora, 2022.

  ISBN 978-65-5612-326-4

  1. Literatura infantojuvenil I. Santana, Dave. II. Título.

22-115312   CDD-028.5

Índices para catálogo sistemático:
1. Literatura infantojuvenil 028.5
2. Literatura juvenil 028.5
Cibele Maria Dias - Bibliotecária - CRB-8/9427

Obra atualizada conforme o
NOVO ACORDO ORTOGRÁFICO DA LÍNGUA PORTUGUESA

Global Editora e Distribuidora Ltda.
Rua Pirapitingui, 111 — Liberdade
CEP 01508-020 — São Paulo — SP
Tel.: (11) 3277-7999
e-mail: global@globaleditora.com.br

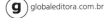 globaleditora.com.br   @globaleditora
 /globaleditora   @globaleditora
 /globaleditora   /globaleditora
 blog.grupoeditorialglobal.com.br

 Direitos reservados.
Colabore com a produção científica e cultural.
Proibida a reprodução total ou parcial desta
obra sem a autorização do editor.

Nº de Catálogo: **4064**

Para a minha afilhota Ana Clara,
que me ensina a ser um homem mais sensível!

#ÚltimasNotícias

É muito maquiada e com um sorriso bem forçado que a âncora, a jornalista que apresenta o telejornal, sorri para a câmera e começa a falar.

Acompanhem as últimas notícias pelo mundo:

A dupla canadense 'Hamlet & Juliet' fará shows em cem capitais do mundo para levantar fundos a crianças e adolescentes espalhados pelas centenas de campos de refugiados, por causa das guerras em seus países.

O garoto performático mais bombado na internet, Young Eliot, acaba de bater outro recorde em seu canal: mais de um bilhão de views. Um bi-lhão!

Zebras sul-africanas e cangurus australianos, de um dos zoológicos norte-americanos, ficam com dor de barriga depois de comerem ração importada de um país asiático que não consta no mapa. A polícia local já está apurando quem teria colocado a ração junto aos pacotes aprovados pelas autoridades competentes.

O dia mais quente na Terra 'hoje' será em Queensland, na Austrália, com a temperatura por volta de 69°C. O dia mais frio será em Oymyakon, na Rússia, com a temperatura podendo chegar a 71°C negativos.

Atenas, na Grécia, terá um dia claro e quente. Em Taipei, a capital de Taiwan, o dia será chuvoso, mas quente. Johannesburgo, importante cidade da África do Sul, terá um dia nublado, com nuvens cobrindo praticamente todo o céu, mas o dia também será quente.

Aqui, no nosso país, o Instituto Astronômico e Geofísico prevê temperaturas que variam de 13°C a 36°C...

... na capital do país, as temperaturas variam de 16°C a 24°C e o dia deve permanecer parcialmente nublado. A umidade relativa do ar estará em torno de 90% pela manhã e, à tarde, deve cair para 40%.

Em toda a zona litorânea haverá chuvas isoladas... o grau de confiabilidade para as previsões de hoje é de 86%...”

Alguém entrega um papel para a âncora do telejornal. Quando começa a ler, os olhos dela se arregalam; os cabelos se arrepiam... ainda assim, ela tenta fingir com a maior naturalidade que está tudo bem. Mas não está!

”Atenção! Acaba de chegar um novo boletim meteorológico!

A tempestade tropical Gute ganha força e se aproxima com ventos fortes e intensidade em toda a zona litorânea. Ela deve atingir todo o país... e causar estragos irreparáveis... incomensuráveis... que beiram o terrível...

Há muito tempo não se via uma manifestação da natureza tão forte... tão exuberante... tão decidida... e tão devastadora.

As autoridades aconselham a imediata evacuação de todas as escolas, escritórios, shoppings... todos devem se refugiar nos abrigos subterrâneos antifuracões...

O grau de confiabilidade desse novo boletim é de 101%...

Cuidado com Gute!"

#CapítuloUm

— ... aí, eu me sentei na cama, toda suada... e comecei a chorar...

É conferindo uma mensagem que acaba de chegar e cercada por todos os lados por fotos de orelhões que Gute conversa com Tina e com Nanda (para quem não sabe: "orelhões" eram aqueles telefones públicos em que pouca gente presta atenção e que se pareceriam com orelhas... se as orelhas fossem redondas e não achatadas!).

— Que sonho, Gute!

A mensagem que chegou é de uma prima de terceiro grau, de quem Gute nem gosta tanto. Mas ela logo responde. O assunto interessa! A prima quer saber se Gute já comprou ingressos pro *show* que "Hamlet & Juliet" farão no país, dali a um ano.

Gute não perde tempo em responder...

Aliás, é exatamente o som da banda "Hamlet & Juliet" que sai pela minicaixa de som portátil *bluetooth* de Gute, que está em cima da mesa onde as garotas fazem a lição de casa.

"Hamlet & Juliet" é uma banda pop formada por uma dupla de irmãos canadenses. Os clipes que eles postaram na internet, só de brincadeira, fizeram tanto sucesso, mas tanto sucesso... que a banda ficou famosa nos quatro cantos do planeta! E está rodando o mundo pela terceira vez, em uma turnê que eles nunca conseguem terminar.

Mas voltando para a conversa das garotas...

— Sonho, Tina? Acho que foi sonho só até a hora em que a jornalista falou sobre o canal do Young Eliot. Daí pra frente virou um pesadelo. Eu acordei toda suada.

— Ia ser muito legal se isso fosse verdade... já pensou? Um bilhão de *views*! Pro gato mais gato do mundo virtual... e do mundo real também?

— *Helloouu?* Nanda? Foco: esse papo não é sobre o Young Eliot, e sim sobre a premonição que o "furacão Gute" teve.

Gute sente um arrepio com a "brincadeira" de Tina: furacão Gute.

— Para, Tina. Não brinca com isso. Eu tô superassustada.

— Vocês, mortais, vivem superassustados! Me poupem!

Tanto Nanda como Gute estranham a exclamação de Tina, que está adorando ter espalhado um pouco mais de pânico pelo quarto de Gute.

Como quase sempre acontece, Tina resolve terminar seu raciocínio com um banho de água gelada...

— Pesadelos não querem dizer nada!

Nanda protesta...

— Querem dizer tudo.

— Quer deixar a Gute mais assustada, Nanda?

A ideia de Nanda parece interessar mais a Gute do que a ideia de Tina.

— Como assim "tudo", Nandinha?

— Sonhos são premonições, sim. Avisos de coisas que vão nos acontecer.

Os cabelos de Gute ficam quase tão arrepiados quanto ficaram os cabelos da âncora do telejornal durante o sonho da garota, na hora em que ela recebeu a notícia da aproximação da tempestade Gute, que ia virar furacão.

— Será que eu vou virar um furacão?

Até Gute acha bem esquisita a sua pergunta. Fica um silêncio… até que Tina resolve teorizar…

— Como vocês são óbvias…

Óbvias?

— … por mais esquisita que possa ser, nenhuma garota vira furacão, assim, no sentido exato da palavra. Se os sonhos quiserem dizer alguma coisa (ideia que eu acho bem boba!), o seu sonho tá querendo te dar algum sinal muito mais profundo.

Gute quase cai da cama de tanta curiosidade!

— Sinal mais profundo?

Tina não decepciona a sua plateia…

— Sinal de que vem aí alguma grande transformação.

É cheia de medo que Gute confirma o raciocínio de Tina…

— Transformação grande?

Tina começa a se aborrecer!

— Ai!!! Quanto drama! Por que as coisas têm de ter, sempre, primeiro uma cara de drama e não de uma coisa legal?

Está bem difícil para Gute entender a teoria — que está começando a virar filosofia! — de Tina.

— Traduz, Tina, por favor.

— Eu acho uma pobreza começar a olhar para as coisas como um problema. Que culpa é essa? Fica calma. E espera pra ver o que vai acontecer.

Gute fica mais aflita.

— Eu não sei esperar. E muito menos ficar calma.

— Está aí uma boa chance para aprender. E se você quer saber mais profundamente sobre você mesma, procura uma terapia.

Agora, Gute fica com medo.

— Você não me acha muito nova?

Tina não acha!

— Eu tenho uma prima que faz terapia desde os cinco anos.

Gute se lembra de que tem uma vizinha da idade dela que também faz terapia.

— Eu não acho que é o caso. Eu só tô insegura com o que o meu sonho quer dizer.

— Se não é o caso, então, aprende a esperar. E tem mais: nós temos que continuar fazendo o nosso trabalho. Daqui a pouco, meu motorista vem me buscar. Eu e os meus pais vamos passar o final de semana prolongado na praia. Vamos cuidar dos orelhões!

As três garotas estão conferindo as fotos compartilhadas nas telas de seus *tablets*. Em cada foto, um orelhão diferente, em um lugar da cidade: parques, calçadas de grandes avenidas, viadutos, entradas de *shoppings*. As garotas têm que fazer um trabalho sobre esses orelhões.

No total, são mais de cem orelhões que foram pintados, decorados e fantasiados com temas variados por artistas plásticos diferentes. Só foram customizados orelhões que não funcionam mais.

A professora de Arte entregou aos alunos um mapa com a distribuição dos orelhões pela cidade. Tina entregou ao motorista de sua casa a câmera digital dela, o tal mapa, e pediu que ele fotografasse o maior número de orelhões possível.

— Bem que eu queria ter ido junto com o seu Cícero, mas meus pais não deixaram.

Seu Cícero fotografou mais de trinta orelhões e essas fotos estão espalhadas pelas telas das três garotas.

— Sabia que, depois que acabar a exposição, as carcaças dos orelhões vão ser leiloadas?

Gute e Tina não sabiam.

— Quem te falou isso, Nandinha?

— Eu vi na TV, Gute. O dinheiro arrecadado vai ser doado para fundações que cuidam de crianças carentes.

— Que demais! Vou pedir pro meu pai comprar uma delas pra pôr no jardim lá de casa. Ele adora participar desses leilões que ajudam instituições, ainda mais instituições que ajudam crianças.

— Faz muito bem, Tina!

— Meu pai vive dizendo que acha um absurdo, em um país como o nosso, com tantos pobres e com tão poucos ricos, que as pessoas que têm dinheiro não ajudem as instituições. Eu concordo com ele.

— Eu também. Meu pai, que não tem nem um décimo do dinheiro que o seu tem, também ajuda como ele pode.

Gute é a última a falar.

— Eu também acho importante ajudar. E o meu pai, que não tem nem um milésimo do dinheiro que o seu pai tem, Tina, também tenta ajudar como pode.

É nesse momento que uma rajada de furacão abre a porta e começa a invadir o quarto gritando.

— Gute, eu queria saber se...

Quem acaba de falar é o Pisco, irmão gêmeo de Gute. Quando vê que ela está com visitas, o garoto fica um pouco envergonhado; mas só um pouco...

— ... foi mal. Oi, Tina! Oi, Nandinha! Foi mal!

— Oi, Pisco!

— Oi!

— Eu não sabia que você estava com visitas. Cheguei em casa agora.

— Agora já sabe, tchau.

Pisco não gosta do jeito superior como Gute fala com ele; principalmente na frente das amigas.

— Desculpem a grosseria da minha irmã, meninas. Ela nem sempre é esse trator.

Tina e Nanda acham graça. Gute, não. Bem mais controlada, mas não menos enraivecida, Gute tenta se livrar do irmão.

— Será que você pode nos dar licença, Pisco? Nós estamos fazendo um trabalho.

— Com "Hamlet & Juliet" berrando desse jeito?

— Dá licença, vai, moleque.

— Mas antes eu preciso te dizer uma coisa.

— O quê?

Antes de falar, Pisco confere se o *notebook* de Gute está ligado. Não está. Só o *tablet*.

— Posso pegar o seu *notebook*? Eu queria jogar com uns caras na tela grande. O meu tá zoado de novo.

A garota confere o relógio e procura um tom bem superior para responder ao irmão...

— Vou pensar!

... como se fosse dona do *notebook* mais *top* que já foi inventado!

Nanda e Tina olham para o aparelho em cima da pequena mesa onde Gute faz a lição. Trata-se de uma máquina um tanto quanto velha. Deve ter sido usada por algum pastor de dinossauros pra controlar os "Rex", há zillhões de anos atrás. Pisco fica indignado.

— Mas você não tá usando o *notebook*, Gute!

— Mas posso precisar usar. Ninguém sabe o que pode acontecer!

Pisco fecha a mão direita, coça a nuca com a mão esquerda e respira fundo, antes de dizer...

— Tá legal! Agradeço a sua gentileza...

E, olhando para as amigas de Gute, ele conclui...

— ... vocês estão vendo, né? Como é generosa a amiga que escolheram! Fui!

E Pisco sai do quarto. Nanda e Tina olham para Gute sem entender muito bem o comportamento dela. É um pouco sem graça que Gute tenta se justificar.

— O Pisco precisa de limites.

Uma coisa que acaba de acontecer deixa o clima mais tenso: terminou a música em que, como disse o Pisco, "Hamlet & Juliet" berravam. Fica o maior silêncio no quarto. Silêncio que Nanda acaba quebrando...

— Mas você não está usando o *notebook*, Gute.

A observação de Nanda deixa Gute ainda mais desconfortável.

— Tá defendendo o Pisco? Então, vem aqui ser irmã dele, pelo menos meia hora.

Gute vai até o celular e abre o aplicativo em que ela escolhe as músicas que vão sair pela minicaixa de som. A *setlist* de "Hamlet & Juliet" terminou. Ela começa a procurar músicas...

— Quem vocês querem ouvir agora?

Cada uma dá um palpite; e, além de palpitar, fala mal do palpite que a outra amiga deu.

Como é a dona do quarto, do celular e da minicaixa de som...

— ... "Hamlet & Juliet" de novo! Pra ninguém brigar!

As três garotas voltam a conferir as fotos dos orelhões nas telas dos *tablets*.

Tina tenta liderar...

— É melhor olharmos todas pela mesma tela...

Claro que "a mesma tela" é a do *tablet* de Tina. O mais caro! O mais veloz! O mais super! O mais hiper! O mais mega! O mais *top*! O mais *tablet*!

— ... primeiro, vamos ver todas as fotos, tipo um desfile de orelhões. Depois, a gente escolhe!

E, com a ponta do dedo indicador da mão direita, Tina vai fazendo as fotos passarem pela superhipermegatop-tela do superhipermegatop-*tablet*.

— Mais devagar, Tina!

— *Helloouu?* Nanda? Até agora, não gostei de nenhum.

— Mas será que nós também temos o direito de gostar ou de não gostar?

— Têm, né? Fazer o quê?

Lá pela quarta foto, Tina dá um tempinho para que as amigas também confiram um orelhão todo coberto de pelos e com o desenho de um olho arregalado.

— Esse é o "Orelhão que vê tudo" e ele está em um canteiro da avenida mais chique da cidade.

— Legal!

— Legal!

Tina continua o desfile de orelhões. Uma outra foto, com um orelhão cheio de listras supercoloridas, interessa a Gute.

— Olha esse, que legal! "Bumba meu fone".

Depois de conferir no mapa a legenda da foto, Gute diz que esse orelhão está no aeroporto internacional da cidade...

— ... é em homenagem à festa popular.

Parece que Tina não está gostando muito do ritmo do desfile de orelhões.

— Se vocês forem ficar falando tudo isso sobre cada orelhão, vamos ficar aqui o dia inteiro.

Gute protesta!

— Tem que falar, Tina, pelo menos o nome do artista e onde está o orelhão.

— Isso muda alguma coisa?

— Claro que muda...

Para dar mais força aos seus argumentos, Gute mostra

uma das fotos, em que o orelhão está cheio de letras.

— ... esse aqui, por exemplo... ele está assim, todo letrado, porque fica na frente de uma livraria. Faz o maior sentido!

Tina parece não concordar muito com Gute...

— Sentido um tanto quanto óbvio!

... ou, pelo menos, quer polemizar. Para isso, ela pega uma outra foto de um orelhão cor-de-rosa.

— O que é que muda saber que esse orelhão está em frente a uma estação de metrô?

Nanda chega mais perto da tela...

— Deixa eu ver direito. Que fofo! Todo de pelúcia cor-de-rosa...

O comportamento eufórico de Nanda desarma tanto Gute como Tina, que se unem para imitar a amiga, que teve uma recaída de infantilidade.

Tina tenta imitar o tom de Nanda...

— ... olha que fofinha! Tem um monte de detalhes coloridinhos, Nandinha...

Nanda também ri de si mesma e, para acabar com a gozação, ela própria passa o dedo pela tela, para o desfile continuar.

— Olha que legal esse orelhão. Ele é de um cartunista.

Há um monte de bocas desenhadas no orelhão que chamou a atenção de Nanda.

— ... chama-se "Chat", bate-papo em inglês!

— Me poupem! Todo mundo sabe que "chat" é papo em inglês.

— Muito legal!

Depois, as garotas conferem o "Orelhão chorando", cheio de lágrimas, perto de um hospital odontológico. Em seguida, um orelhão-caveira, só com a estrutura metálica, como se fosse um esqueleto, e que está atrás de um cemitério.

Quando Tina confere a próxima foto, o clima fica um pouco tenso...

— Olha esse!

Trata-se de um orelhão marrom, com chifres de boi e com espetos espalhados pelo "corpo". De cada espeto, escorre uma mancha de sangue.

Nanda arrisca um palpite...

— Esse deve ser uma homenagem às touradas.

Gute não concorda...

— Homenagem?

Nem Tina...

— É um protesto, isso sim!

E o desfile de orelhões continua: orelhão "vestindo" um jaleco de médico, próximo a um hospital; orelhão "étnico", como uma colcha de retalhos coloridos... Quando Gute, Tina e Nanda estão conferindo a foto de um orelhão com um aparelho de surdez incrustado, Pisco entra no quarto de novo, sem bater na porta.

— Gu-gu... te...

Também mais uma vez, Gute fica possessa!

— Pisco, eu já não te disse que...

Gute nem termina a bronca. Pelo contrário, ela se arrepende de ter começado. Pisco está pálido, com os olhos cheios de lágrimas e com o cabelo superarrepiado.

É morrendo de medo da resposta que Gute pergunta...

— Aconteceu alguma coisa?

Está na cara, na cor da pele, no brilho dos olhos molhados e no formato dos cabelos arrepiados de Pisco que aconteceu alguma coisa, sim. Imediatamente Gute se lembra dos quatro avós!

— Foi com algum avô?

O garoto continua mudo. Gute fica mais aflita.

— Foi com a mamãe?

Dessa vez, Pisco começa a responder. Mas só consegue soltar uma exclamação, e um tanto quanto gaga…

— !-!-!-!!!

É mais aflita ainda que arrisca o último palpite que passa por sua cabeça.

— O papai…

Só agora Pisco consegue dizer a que veio, ou melhor, começa a dizer a que veio…

— Te-te-tem… u-u-u-um ca-ca-cara… com a mamãe no ce-ce-celulaaar dela…

— O que aconteceu com o papai?

— … o cara tá dizendo que o papai tá com ele.

— Hã?

Tina é a primeira das três garotas a entender o que está acontecendo. É bem assustada e tomando algum cuidado para não assustar Gute (se é que isso adianta alguma coisa, em um momento como esse!), que Tina tenta explicar o que entendeu…

— O Pisco tá tentando dizer que o seu pai foi sequestrado.

#CapítuloDois

Param "Hamlet & Juliet". Para o desfile de orelhões. Param as vozes e os movimentos das amigas e do seu irmão. Para tudo.

Tudo o que não seja a imagem do pai de Gute. Um pai meio careca, quase barrigudo, nem velho nem moço. Um pai normal. Mas o pai de Gute. O único que ela sempre teve, e nunca quis ter outro.

Apertando contra o peito o *tablet* com a imagem de um orelhão voador, Gute só consegue dizer...

— Cadê meu pai?

As palavras saem pesadas de aflição e molhadas de choro. Nanda já está aos prantos...

— Tenta ficar calma, Gu.

Tina, tão intrigada quanto assustada...

— Quem é que ia fazer uma coisa dessas?

É a própria Tina quem tem a resposta para sua pergunta...

— Alguém que não tem a menor ideia de que o pai de vocês não tem grana.

Claro que a frase de Tina não é para ofender. E não

ofende; pelo contrário, acaba ajudando a Gute a se lembrar de alguma coisa e a se animar – até um pouco demais – com a situação.

– Cadê a mamãe?

– Tá lá na sala falando com o cara. Ele não quer que ela desligue.

– O sequestrador ligou aqui em casa?

– Pro celular dela. Eu já disse.

Como se fosse uma mistura de uma das heroínas de cinema com meninas super-heroínas dos desenhos animados, Gute começa a fazer várias coisas ao mesmo tempo.

Primeiro, ela pega o próprio celular; depois, sai do quarto, apertando a tecla do número três e, em seguida, a tecla *send*, para que a memória de seu celular se lembre de discar um número.

Aí, Gute começa a ir para a sala. Tina, Nanda e Pisco – que não estão entendendo muito bem o comportamento de Gute – vão atrás dela. Quando Gute chega à sala, a mãe dela está parada como se fosse uma estátua e como se o celular em que ela fala fosse um telefone com um fio mínimo e que a obrigasse a ficar parada naquele lugar.

– ... sim, senhor... sim, senhor... eu... eu... não vou desligar... desde que horas você está com o meu marido?... tá bom... tá bom... eu não faço mais perguntas...

Gute percebe que os olhos da mãe dela estão cheios de lágrimas. A ligação de Gute se completa; e cai em uma caixa postal.

– *Você ligou para...*

Gute aperta a tecla vermelha do celular, e a ligação é interrompida.

— ... pra eu ir até o banco... depósito em dinheiro...

Pelos pedaços de frases da mãe, Gute percebe que ela está recebendo uma orientação do sequestrador do outro lado da linha. Gute aperta o *send* de seu celular novamente.

Pisco quer saber...

— Pra quem você tá ligando, Gute?

A ligação de Gute é completada. E começa a dar sinal de que está chamando.

Gute vai ficando aflita... aflita... aflita... até que alguém atende a ligação do outro lado.

— *Al...*

Gute nem espera a voz de homem completar o "alô".

— Onde você tá?

— *No trabalho, oras!*

— Você tá bem... PAAAI?

Quando Gute diz bem alto, e com três letras "A", a palavra pai, todos os olhos se voltam para ela, inclusive os olhos de sua mãe.

— *Mais ou menos, filha...*

Gute começa a chorar...

— *... acho que aquela azeitona da pizza de ontem estava mesmo estragada. Tô indo no banheiro toda hora. Ela também te fez mal?*

... chorar aliviada, ao perceber que seu pai está bem, quer dizer, só está com um pouco de dor de barriga.

— Não, pai. Não me fez mal nenhum. Graças a Deus!

Entendendo que Gute fala com seu pai, Pisco enxuga as lágrimas e tenta tirar o telefone da mão da irmã.

— Deixa eu falar com o papai.

Gute não deixa.

— Tá tudo bem, Pisco. Ele tá no trabalho.

O pai de Gute, do outro lado da linha, se assusta ao perceber a voz de choro da filha.

— *Por que você tá chorando, Gute?*

Pisco e a mãe de Gute não sabem o que pensar, o que fazer ou o que dizer.

Tina sabe...

— É um golpe. Tem muita gente caindo nesse golpe.

A mãe de Gute fica ainda mais confusa. O sequestrador, do outro lado da linha, tenta prender a atenção dela.

— *... tem mais alguém aí com a senhora?... não fala nada pra ninguém... eu não tenho nada contra seu marido nem contra a sua família... meu problema é com o sistema...*

— O que eu faço?

— A senhora pode desligar o celular, tia.

Depois de seguir a orientação de Tina, a mãe de Gute vai até ela e Pisco.

— É o seu pai mesmo?

Gute não consegue dizer nada, só passa o telefone pra mãe.

— Alô?

Enquanto sua mãe fala com seu pai — explicando que foi vítima do golpe do sequestro virtual —, Gute se abraça chorando às amigas. Nanda também chora. Tina, não.

— Ainda bem que eu tive a ideia de ligar pro meu pai pelo celular.

O celular da mãe de Gute toca novamente. O clima fica tenso. Gute, arrepiada, pega o celular em cima da mesa e confere o visor de cristal líquido, para tentar saber quem está ligando.

— Chamada não identificada.

Pisco tira o celular da mão dela e põe de novo sobre a mesa.

— Deixa tocar. Pode ser o cara insistindo. Se for outra pessoa, vai deixar recado.

O telefone toca mais algumas vezes e para. A tensão vai se aliviando…

— Como é que você teve essa ideia?

Tina atropela a resposta que Gute daria à Nanda.

— *Helloouu*? Nanda? Tá falando toda hora na televisão.

— Eu não gosto de ver noticiários de televisão. Só têm notícias ruins.

— Aí, você fica também sem saber coisas como esse tipo de sequestro que, infelizmente, está na moda.

— Que moda horrível!

É claro que Pisco também quer se exibir…

— Os bandidos descobrem os nomes das pessoas e, pelo celular, tentam fazer um tipo de terrorismo. Até a pessoa sair e fazer um depósito em uma conta. Na hora, eu fiquei tão nervoso que nem me lembrei disso.

Mais claro ainda que Tina tentará se exibir um pouco mais…

— O segurança do meu pai me explicou tudo direitinho.

A mãe de Gute, quase aliviada, desliga o telefone e se aproxima dela, das amigas e de Pisco.

— Seu pai está vindo pra casa.

Gute se assusta novamente.

— Então…

— Fica calma, filha. Ele só quer ver se está tudo bem com a gente. Se é necessário fazer boletim de ocorrência, já que o sequestrador sabe o meu nome, o meu telefone, o nome do seu pai…

Vendo que sua mãe está bem mais abalada do que demonstra, Pisco tenta acalmá-la.

— Você não viu na TV? Geralmente, esses sequestradores estão presos e fazem as ligações das cadeias.

— Ainda assim, talvez seja preciso fazer um boletim de ocorrência, filho.

Pisco dá uma risada nervosa.

— Boletim de ocorrência pra quê?

A mãe não entende o tom de Pisco.

— Nós não temos ideia do que mais sabem esses bandidos.

— E você acha que a polícia vai fazer alguma coisa? É capaz de ter um monte de policiais envolvidos nesse tipo de golpe.

— Pisco!

— Policial corrupto é o que não falta.

— Nem todo policial é corrupto.

Percebendo que pegou um pouco pesado, Pisco tenta pegar mais leve.

— Tem razão, mãe. A maioria não é.

— Mas todo bandido é bandido, filho.

Agora é a vez de Pisco ficar um pouco confuso.

— Será, mãe?

A mãe de Pisco não esperava aquela pergunta. Fica um silêncio incômodo no ar. Depois de uns treze segundos, o garoto continua argumentando…

— Para os filhos deles… pros pais… pras famílias… os bandidos não devem ser bonzinhos? O que será que faz um bandido ser bandido? Um policial ser corrupto?

Nanda está achando aquela conversa muito estranha.

— Que papo estranho!

Tina tenta sintetizar tudo em uma frase que ela preferia que fosse uma afirmação, mas acaba saindo como uma pergunta…

— Desigualdade social?

Fica o maior silêncio. Mas dessa vez não é um silêncio confuso, e sim um silêncio reflexivo. A mãe de Gute tenta fazer a casa começar a voltar ao normal.

— Filha, volta ao seu quarto para fazer o trabalho com as suas amigas. Eu vou fazer um suco pra vocês.

Entendendo a mensagem da mãe e também querendo tentar apagar da sua vida aquele pesadelo, Gute concorda.

— Tá legal.

Enquanto caminham para o quarto, Gute pensa em algo e para no corredor, para dizer…

— Pisco, se você quiser, pode pegar o *notebook* agora.

Pisco comemora…

— Pelo menos alguma coisa eu tenho que agradecer a esse sequestrador virtual. Ele deixou a minha irmã mais boazinha.

Gute corre até Pisco e dá um beijo na bochecha esquerda do irmão. O garoto fica absolutamente sem graça.

— Para de babar em mim, ô!

— Eu amo você, irmãozinho.

— Irmãozinho o caramba.

Quando Gute, Tina e Nanda estão quase chegando ao quarto — que, afinal, fica a poucos passos da sala —, é a vez de Tina pensar em algo e parar.

Tina fala com a mãe de Gute...

— A senhora se incomoda se eu ligar para o meu pai e pedir para o segurança dele vir bater um papo com vocês? O seu André já foi militar, trabalha como segurança particular há um tempão... ele pode ajudar, dar algumas dicas...

A mãe de Gute sente um alívio...

— Mas não vai atrapalhar o trabalho dele com o seu pai?

— Meu pai vai passar o dia em reuniões e o seu André está com o dia livre. Ele só ia à rodoviária buscar uma sobrinha que está vindo estudar aqui. Eu falo com o meu pai, tenho certeza de que ele não vai se incomodar. Aí, depois, eu falo com o seu André e ele passa aqui. Não nos custa nada ajudar vocês a se tranquilizarem.

Gute, Tina e Nanda voltam para o quarto, Pisco aparece na porta.

— Vim pegar o *notebook*.

— Toma cuidado com o MEU *notebook*!

— Xi... já tá voltando ao normal.

Assim que o garoto sai com o *notebook* debaixo do braço, as garotas se concentram novamente nas fotos dentro de seus *tablets*. E, o que é muito mais interessante para elas, voltam a curtir o som da banda pop "Hamlet & Juliet".

— Nós tínhamos parado na foto do orelhão voador...

É Nanda quem recapitula! Também é ela quem percebe primeiro que Gute está um pouco mais quieta do que antes, pensativa; o que é bastante natural!

— Tenta esquecer, Gu.

— Tô tentando, Nan. Foram só uns minutos, mas pareceram uma eternidade.

O pai da Tina não se incomoda de que o segurança vá até a casa de Gute. Quando Tina liga para seu André, mais do que depressa ele diz que pode ajudar, sim.

— *Não me custa nada eu dar uma passadinha por aí e bater um papo com a família da sua amiga, Tina.*

— Muito obrigada, seu André.

Seu André se lembra de algo...

— *Tina, eu já peguei o meu sobrinho na rodoviária...*

— Pensei que fosse uma sobrinha.

— *... ele tá comigo. Você acha que a família de Gute se incomoda se eu levar o meu sobrinho?*

Repetindo a pergunta final de seu André, Tina consulta Gute.

— Claro que não, Tina. Imagina! Ele está nos fazendo um favor.

Tina diz ao seu André que tudo bem e desliga o celular.

— De volta aos orelhões...

Bem que as garotas tentam se concentrar no trabalho de escola, mas não conseguem.

— ... acho que eu ainda tô tensa.

Claro é que Gute está tensa!

— Já sei!

Na ideia que acaba de ter para agradar a amiga, Nanda junta o útil ao agradável: em menos de um segundo, ela sai do arquivo de fotos e entra em um site de que Gute e Tina também sabem o endereço de cor e salteado e em todos os idiomas que existem: o canal de Young Eliot.

E lá está, na tela, o garoto mais bombado na internet: Young Eliot, e seus cachos como de ouro metálico...

— Um gato!

... Young Eliot e seus olhos azuis estonteantes...

— Um fofo!

... Young Eliot e suas covinhas que ninguém consegue deixar de olhar...

— Um lindo!

... Young Eliot e suas enigmáticas caras e bocas que dizem tudo e mais um pouco sem que o garoto precise recorrer a uma única letra!

— Vocês sabiam que o Y. T. vai fazer um filme?

Não. Gute e Tina não sabiam.

— Eu li na internet.

— Tem certeza, Nandinha?

E Nanda passa a duvidar se ela leu mesmo. Ou se sonhou. Afinal, quando Nanda pensa ou ouve ou assiste ou lê sobre o Young Eliot, quase sempre parece um sonho.

— Acho que eu tenho certeza, sim.

Quando o pai de Gute chega, depois de abraçar a família e chorar um pouquinho com a mulher e os dois filhos

— afinal, foi um belo susto! —, ele fica bem feliz com a notícia de que o segurança do pai de Tina virá até a casa dele.

— É um sentimento muito estranho. É uma coisa que não aconteceu. Mas, pelo menos durante os dez minutos em que o sequestrador segurou a minha mulher no telefone, parece que aconteceu.

Tina se exibe…

— O seu André é muito eficiente. Ele sabe de tudo, fez até curso antiterrorismo… ah… ele me deu também um monte de dicas legais para poder me divertir na internet com mais segurança. Vou pedir para ele dar as mesmas dicas pra vocês duas…

Gute e Nanda agradecem com um sorriso.

— … as dicas do seu André sobre a internet segura vão ser também bastante úteis pra você, Pisco.

Pisco fica intrigado!

— Tô ligado!

Toca o interfone. Pisco vai conferir…

— É o seu André, pai.

— Pede pra ele subir, filho.

O garoto autoriza a subida. Gute se oferece para abrir a porta.

— Eu vou com você.

— Eu também vou.

Nanda e Tina vão com Gute até a porta e as três garotas ficam no *hall* do elevador conferindo o botão luminoso com duas setas, sobe e desce. Primeiro, uma luz vermelha se acende dentro da seta virada para baixo, sinal de que o elevador está descendo até a portaria. Quando o elevador chega lá, muda a luz. Acende-se a luz verde dentro da seta virada para cima, mostrando que o elevador está subindo.

Não demora muito – afinal, Gute mora no terceiro andar –, o elevador chega. Demora menos ainda para seu André abrir a porta do elevador com um pequeno empurrão e sair de dentro dele com um garoto que faz Gute, Tina e Nanda arregalarem os olhos… ficarem arrepiadas… com taquicardia… falta de ar… e abrirem suas bocas para dizer, ou melhor, para gritar ao mesmo tempo e como se tivessem ensaiado duas palavras mágicas…

– Young Eliooooooooooot????

#CapítuloTrês

— Não… não sou…

É o que diz o garoto, achando graça mais do corinho das garotas do que da coincidência.

Sorrindo ainda mais, o garoto explica…

— … tô superacostumado a ser confundido com esse cara. Mas isso nunca tinha acontecido, assim, por um trio ao mesmo tempo.

O jeito como o garoto fala é bem descontraído e não tem nada de arrogante.

— … muito prazer, Leonardo da Silva…

— Tina.

— Nanda.

Só depois de levar um cutucão de Nanda é que Gute consegue se apresentar…

— … Gute.

Ela estava muito ocupada tentando decifrar o garoto que acabava de chegar ao minúsculo *hall* de elevador de seu andar.

Ele deve ser um pouco mais velho do que as garotas e bem mais novo do que o Young Eliot "de verdade". O garoto sabe mais coisas sobre seu "clone"...

— ... sabiam que o primeiro nome do cara é "Leonard", quase igual ao meu, só que sem a letra "o" final?

Se uma garota olhar "assim", de impacto, para o Leonardo da Silva, vai dizer o que disseram Gute, Tina e Nanda:

"Young Elioooooooooooot????"

Agora, se essa mesma garota não desmaiar, assim que se recuperar do susto, ela vai perceber que as coisas não são exatamente como parecem. A pele do Leonardo da Silva não é tão pálida, os cabelos dele são mais claros e menos encaracolados; e os olhos, em vez de serem azuis, são verdes. E o Leonardo da Silva tem um pouco mais de covinhas espalhadas pelo rosto do que o Young Eliot.

Quando Gute se recupera da surpresa e presta total atenção nesses detalhes, as coisas vão mudando de lugar dentro dela. O medo que Gute sentia pelo quase sequestro de seu pai passou a ser medo do desconhecido. Não de um desconhecido "genérico", mas de um desconhecido específico: aquele desconhecido lindo! de olhos claros! cabelos claros encaracolados! e com covinhas espalhadas pelos quatro cantos do rosto!, que mais parece uma escultura do que um rosto.

— Tá me ouvindo, Gute?

Não. Gute não estava ouvindo Tina dizer que seu André e Leonardo da Silva já tinham entrado na sala e estavam começando a conversar com os pais dela e que ela não precisava ficar daquele jeito pendurada na maçaneta.

— Já tô indo, Tina.

Enquanto fecha a porta, Gute tenta disfarçar os efeitos que o sobrinho de seu André causaram nela. Até que a garota consegue!

Quando Gute se liga na sala, Pisco ainda está medindo Leonardo da Silva de cima a baixo e transbordando sua desconfiança por todos os lados.

— Muito prazer, Pisco.

— E aí?

O sobrinho bonitão/sósia do garoto bombado da internet deixa de ser o alvo das atenções e o assunto principal volta a ser o susto que o sequestro virtual causou na família.

— Esse golpe está cada vez mais comum...

Seu André aconselha a família a dar queixa, sim; a mudar o número do celular para o qual o sequestrador virtual ligou...

— ... na verdade, mais por questão de tranquilidade do que por necessidade.

O pai de Gute tem uma dúvida...

— Como será que o sequestrador ficou sabendo o meu nome e o celular da minha mulher?

— Provavelmente, alguém passou essas informações pra ele.

— Quem será que fez isso?

Já se defendendo, Pisco responde pelo menos metade da pergunta de sua mãe.

— Tô me lembrando, mãe, que ontem, quando a faxineira estava aqui, ela atendeu o telefone fixo e me pediu o número do seu celular e do celular do papai.

Seu André completa...

— Geralmente, os bandidos ligam aleatoriamente para qualquer número de telefone dos bairros de classe média e, se dão a sorte de, por exemplo, uma empregada atender, tentam tirar o máximo de informações.

A mãe de Gute se lembra de outro detalhe importante...

— O sequestrador falou o meu nome; mas fui eu quem disse primeiro o nome do meu marido.

— Como esses bandidos são espertos, eles vão improvisando a conversa, pra tirar as informações que faltam e causar o pânico que fará a pessoa que atende o telefone ir ao caixa eletrônico e fazer o depósito na conta que eles indicam.

Quando termina de explicar os detalhes desse tipo de golpe, seu André faz uma última advertência; quer dizer, penúltima...

— É melhor todos ficarem ligados para nunca passarem nenhuma informação por telefone, avisem a faxineira...

... aí é que vem a última advertência:

— ... e é bom também tomar cuidado com as informações que vocês divulgam na internet. Essa coisa de foto em *blog*, mensagens... as fotos que vocês postam... tudo isso pode ser um excesso de exposição...

Gute protesta!

— Todo mundo posta fotos!

— Então "todo mundo" também deve saber que pode estar se expondo mais do que gostaria.

Durante os protestos! advertências!! e explicações!!!, Gute confere com o canto dos olhos e com todos os pedacinhos do coração as variações de comportamento de Leonardo da Silva; que, na verdade, não são exatamente variações de comportamento, e sim variações de olhares.

Os olhos do garoto não param. Quando a explicação do seu tio se aproxima mais de detalhes de segurança, os olhos de Leonardo da Silva se arregalam.

Quando o assunto são os cuidados com a privacidade na internet, os olhos dele parecem acompanhar o sorriso da boca e das covinhas.

Nanda cochicha para Gute…

— Olha só o sorriso do garoto!

… que cochicha para Tina…

— … e ainda tem um dente com o cantinho quebrado!

… que devolve o cochicho para Gute…

— Um fofo!

… que devolve o cochicho para Nanda…

— Um gato!

… que devolve o cochicho para Tina…

— Um lindo!

O pai de Gute convida seu André — e seu sobrinho, óbvio! — para lanchar com a família e com as amigas da filha.

Seu André confere com um olhar discreto se a ideia interessa ao garoto. Gute percebe que os olhos de Leonardo da Silva confirmam que sim. Isso deixa a garota mais animada!

— Aceitamos…

— … obrigado pelo convite.

Quando Leonardo da Silva fala, para agradecer o convite do pai de Gute, ela presta mais atenção na voz dele. É uma voz mais rouca e com um certo sotaque de interior que faz a língua vibrar um pouco no céu da boca, na letra "erre".

— Depois eu deixo você em casa, Leonardo, e vou

buscar o pai da Tina no aeroporto.

— Tudo bem, tio.

Sem saber muito bem de onde aparece uma dose extra de coragem, Gute, discretamente, joga uma isca, como se agradecesse a paciência do garoto, que teve grande parte da sua tarde de folga com o tio transformada em aula de sobrevivência na selva de pedra que é uma grande cidade.

— Desculpa, Leonardo, se nós atrapalhamos o seu passeio.

De um jeito bem enigmático, o garoto olha para Gute, sorri mostrando o dente quebrado e diz…

— Quem te garante?

Gute nem tem tempo de cair pra trás! Pisco, percebendo as terceiras intenções naquela frase de aproximação de sua irmã e, o que é pior, as sétimas intenções da pergunta-resposta de Leonardo da Silva, se lança no campo de batalha.

— Vem comigo até o meu quarto, Leonardo. Eu tô com um cartucho novo de guerra.

Gute fulmina Pisco com um olhar. Leonardo mostra o maior interesse…

— Que legal, cara…

… antes de rejeitar o convite.

— … mas eu não posso jogar agora.

— Tá com medo de mim?

Leonardo da Silva pensa que Pisco está brincando. Ele não está.

— É que eu esqueci os meus óculos no carro do meu tio e, sem eles, eu enxergo mal pra burro. Eu ficaria em desvantagem. Me convida outro dia.

A última frase de Leonardo da Silva intriga Pisco. E agrada às garotas! Nanda quer detalhes sobre a possibilidade de Pisco convidar o garoto para jogar outro dia...

— Mas você não mora em outra cidade?

É tentando disfarçar uma certa tristeza que inunda o branco dos seus olhos que Leonardo da Silva responde...

— Acho que eu morava.

Parece que Gute sente na pele a tristeza que ela vê ocupar o olhar de Leonardo da Silva por alguns segundos. Seu André entra na conversa tomando um certo cuidado com o que vai dizer.

— Minha irmã está se separando do pai do Leonardo, e o garoto vai passar uns tempos aqui comigo, em casa.

Quando seu André se refere ao fato de que Leonardo da Silva passará uns tempos com ele, "em casa", Tina olha curiosa para o segurança de seu pai.

O "em casa" de seu André quer dizer a edícula, a casa dos empregados, que fica nos fundos da casa de Tina.

— Eu não sabia.

Percebendo o olhar de Tina enquanto ela diz que não sabia que Leonardo ficaria em sua casa, seu André explica...

— Mas seu pai já sabe, Tina.

Tina sorri para o seu André como nunca tinha feito antes e solta uma exclamação um tanto surpreendente.

— Que legal!

Leonardo da Silva faz questão de ser rápido...

— Eu não vou incomodar ninguém.

A segunda exclamação de Tina — que é uma brincadeira! — é ainda mais surpreendente do que a primeira...

— Que pena!

Leonardo não fica sem graça; acha graça. Não precisaria ser muito esperta para perceber que por trás do olhar do garoto e do cuidado de seu André ao falar da separação dos pais dele, tem alguma coisa chata! ou delicada! ou terrível!

Gute tem uma ideia…

— Os seus olhos não estão podendo jogar *videogame*, mas será que os seus ouvidos estão podendo escutar música?

Tina, Nanda e Leonardo se interessam pela ideia de Gute. Pisco, mais ou menos.

— Você não tá convidando o cara pra ir ao seu quarto ouvir música, tá?

Conhecendo muito bem o irmão, que está em ebulição na sua frente, Gute sabe que terá que ser definitiva.

— Claro que estou.

Surpreso com o tom de segurança de Gute, Pisco arremessa um golpe baixo; aliás, baixíssimo!

— Você tá escutando, pai?

Sem ainda saber muito bem o que dizer sobre a conversa de Pisco e Gute, o pai deles tenta ganhar tempo.

— O que foi, Pisco?

— A Gute…

Parece que o Leonardo da Silva já está acostumado a enfrentar irmãos. Olha só o que ele fala…

— Eu agradeço o convite, Gute, mas eu vim escutando músicas a viagem inteira, e, por causa do trânsito na chegada, a viagem levou mais de cinco horas. Acho que eu não tô a fim de ouvir música agora, não.

A resposta educada de Leonardo da Silva frustra tanto

Gute e suas amigas quanto Pisco, que vê o seu convite para uma briga com sua irmã ser devolvido ao remetente.

A mãe de Gute vai para a cozinha agilizar o lanche.

— Vai ajudar a mamãe, Gute.

Claro que não é pensando em sua mãe que Pisco "convida" Gute a ir para a cozinha.

— Por que não vai você?

— Se liga!

— Não tá vendo que eu estou com as minhas amigas?

— Será que dá pra vocês dois pararem?

O pedido do pai de Gute e Pisco para que eles parem dá um certo alívio à dupla; as coisas já estão mesmo voltando ao normal.

— Desculpa aí, pai, foi mal.

Depois de se desculpar, Pisco testa mais um de seus cartuchos de munição contra a irmã.

— Leonardo, já que você não quer ouvir música nem jogar *videogame*, que tal a gente ir bater uma bola lá embaixo, na quadra?

A ideia anima Leonardo…

— Eu topo!

… que olha para Gute, Nanda e Tina; especialmente para Gute…

— Por que vocês não vêm com a gente? Em vez de futebol, podemos jogar… *vôlei*… sei lá…

As garotas adoram a ideia. Pisco disfarça a raiva, pega a bola, e os cinco jovens vão saindo…

— Pai, por favor, quando o lanche estiver pronto, interfone que a gente sobe.

— Pode deixar, filha.

Enquanto o elevador desce, Pisco ainda tenta ignorar as garotas…

— Você vai morar aqui "de verdade", estudar… e tudo?

Leonardo da Silva começa a responder só para Pisco…

— Ainda não sei…

… mas termina sua resposta dividindo-a entre ele e as três garotas que estão no elevador.

— … vai depender de como as coisas ficarem lá em casa…

Gute percebe que uma certa tristeza continua pendurada nos cantos dos olhos de Leonardo da Silva. Isso deixa a garota também um pouco triste.

Tina puxa papo…

— Você pode ficar na minha casa o tempo que quiser.

— Valeu, Tina!

Nanda emenda-se no papo puxado por Tina.

— Eu não saio da casa da Tina… é muito legal… parece até um parque de diversões… só falta uma montanha-russa.

— Menos, Nandinha… menos.

Percebendo o próprio excesso de euforia, Nanda recolhe-se.

— Antigamente eu ia mais à casa de Tina. Ando muito ocupada, sabe?

Pouco sentido faz a Leonardo da Silva o que falam Tina e Nanda.

Gute tenta levar a conversa para algo que possa fazer mais sentido…

— Nós quatro estudamos na mesma escola.

... e percebe, enquanto fala, que o assunto que ela está puxando não é dos mais interessantes.

— Eu já tinha percebido.

Mesmo não tendo sido essa a sua intenção, a resposta de Leonardo da Silva dá chance para que Pisco alfinete a irmã.

— Como é óbvia!

É nesse momento que o elevador faz um barulho estranho e um movimento que se parece com uma engasgada – se, por acaso, os elevadores engasgassem! –, depois ele para.

#CapítuloQuatro

Assim que percebem que ficaram presos no elevador, Tina se ofende...

— Isso não está acontecendo comigo!

... Nanda se assusta e se confunde...

— Eu morro de medo de escuro.

— *Helloouu?* Nanda? Não está escuro... o elevador só parou.

— Eu morro de medo de ficar presa em elevadores que param!

... e Gute se envergonha...

— Bem que o meu pai diz que a manutenção desse prédio vai de mal a pior.

... e Pisco comemora...

— *Yeees!* Eu nunca tinha ficado preso em um elevador antes!

Leonardo da Silva não diz nada; só sorri enchendo o elevador de covinhas.

Pisco tem uma ideia...

— Vou postar... vou postar...

... e saca o celular do bolso da bermuda, para fazer uma *selfie* do grupo preso no elevador.

— ... risadinha! Tá ótima!

É quando o garoto publica a foto que ele ouve da irmã...

— Pisco, você caminha mesmo para o desajuste absoluto.

Desajuste absoluto? A combinação dessas duas palavras assusta Pisco.

— Não tô entendendo.

— Nunca vi uma pessoa comemorar porque ficou presa em um elevador.

— Tem razão... ainda mais junto com uma irmã como você.

Gute ignora Pisco e fala com suas amigas e Leonardo da Silva.

— Desculpem tanto a "piração" do meu irmão como a precariedade do meu prédio.

Tina continua ofendida...

— Eu só espero que tirem a gente daqui logo.

... Nanda, confusa e assustada...

— Minha mãe não pode saber que eu fiz isso!

... e Leonardo da Silva continua em silêncio. Todos estranham o que diz Nanda. Pisco é quem materializa esse estranhamento em uma pergunta...

— E eu posso saber sobre qual "isso" você está falando?

— Ficar presa em um elevador... se minha mãe souber, ela nunca mais vai me deixar sair sozinha.

— Para de inventar, Nanda.

Fica um certo silêncio, que é quebrado pela bola de Pisco quando ela cai das mãos do garoto e bate na ponta do pé esquerdo de Leonardo da Silva; que, com uma embaixadinha, devolve a bola ao seu dono.

É com cara de pouquíssimos amigos que Pisco agradece...

— Valeu!

— De nada.

— Você "catou" legal a bola! Por que ficou com medo de jogar futebol comigo?

— Quem disse que eu fiquei com medo?

Volta a ficar silêncio. Pisco não aguenta nem três segundos de silêncio; ele tem que falar alguma coisa...

— O que é que a gente vai fazer?

Gute responde à pergunta de Pisco "já fazendo": ela pega o interfone preso a uma das paredes do elevador.

— Alô... seu Jaime... sei... já mandaram...

Depois de trocar três frases com o porteiro — que já sabia que o elevador tinha ficado parado entre o primeiro e o segundo andar e já tinha tomado as primeiras providências —, Gute desliga o interfone.

— O zelador do prédio já está tentando ajudar a gente.

Só Tina continua querendo protestar...

— Tentando?

Como não sabe o que responder, Gute fica quieta. Pisco, mais inquieto...

— O que é que nós vamos fazer?

É Leonardo da Silva quem tem a ideia...

— Sentar no chão.

... e também é ele o primeiro a colocar essa ideia em prática.

Parece que todos gostaram da ideia. Em poucos segundos, estão todos sentados no chão: Pisco, do lado direito de Leonardo da Silva; Nanda, do lado direito de Pisco; Tina, do lado direito de Nanda; e Gute, fechando uma roda, do lado direito de Tina e do lado esquerdo de Leonardo da Silva. Todos se olham, meio sem saber o que fazer. Pisco, cada vez mais inquieto, encara Leonardo e...

— Sentamos. E agora?

Leonardo da Silva sorri para Pisco e diz...

— Eu só sabia até aí.

Pisco coloca a mão esquerda sobre a bochecha esquerda.

— O que foi, moleque?

— Meu dente tá doendo.

— Por acaso agora é hora de seu dente doer?

— Se liga, Gute! É o segundo pré-molar.

Gute faz cara de quem entendeu.

— Ah!

Pelo contrário, Tina, Nanda e Leonardo da Silva fazem caras de que não têm a menor ideia sobre o que Pisco estava falando.

Gute resolve ser didática...

— É que sempre que o Pisco fica com medo de alguma coisa, o segundo pré-molar dele dói, sabem?

— Medo o caramba...

Pisco corrige Gute, de um jeito bem dramático...

— ... sempre que eu passo por uma situação de risco, meu segundo pré-molar dói. Quando eu fui te falar sobre o papai, eu não estava aguentando de dor.

Como vê que ninguém se interessa por seu drama, Pisco completa, tirando a mão da bochecha.

— ... já, já passa.

Silêncio. Tina pega o celular do bolso e...

— Vou falar com seu André!

— Deixa eu falar com os meus pais antes, Tina.

Gute pega o próprio celular e tranquiliza a mãe; que também tenta tranquilizar Gute dizendo que a empresa que faz a manutenção dos elevadores foi chamada.

— ... o socorro já deve estar chegando.

O elevador volta a ficar em silêncio. Silêncio que, dessa vez, é Nanda quem não aguenta...

— Não tô aguentando. Será que vai acontecer alguma coisa?

— *Helloouu?* Nanda? Já aconteceu!

— Tô falando alguma coisa terrível, Tina... nos filmes, quando um elevador para entre um andar e outro, geralmente é só o começo de uma coisa mais terrível.

Pisco tenta caprichar bastante na voz de terror quando vai assustar Nanda.

— Você vai veeeeeer, Nandinha... daqui a pouco... a luz vai se apagaaaar... o elevador vai começar a balançaaaar... balançaaaar... até caiiiir no abiiiismo sem fuuuundo...

... mas Pisco é tão canastrão, representa tão mal, que

até a própria Nanda acha graça. Pisco não gosta muito do papel ridículo que acaba de fazer.

— Vocês não entendem nada de drama.

Toca o celular de Tina.

— Oi, seu André… tá tudo bem, sim… o senhor pode ajudar, de alguma maneira?… Tá bom… tá aqui ao meu lado…

Tina passa o celular para Leonardo da Silva.

— Seu tio quer falar com você.

— Obrigado… alô… tá…

Leonardo da Silva fica vermelho.

— … não, tio… tá tudo bem… só tenho que tomar às seis…

Quando Leonardo da Silva diz ao seu tio que às seis horas tem de tomar alguma coisa e não diz o que é, claro que Gute, Nanda, Tina e Pisco ficam curiosos. Mas também é claro que todos tentam disfarçar.

— … acho que vai dar tempo… fica tranquilo, tio… quer falar com a Tina de novo?

Como seu André não tem mais nada a falar com Tina, Leonardo da Silva desliga o telefone e o devolve à sua dona.

— Valeu, Tina.

Percebendo os oito olhos tentando disfarçar a curiosidade, Leonardo da Silva resolve acabar com o mistério. Quer dizer, mais ou menos…

— Meu tio estava preocupado porque às seis horas eu tenho que tomar um remédio.

O garoto ter terminado sua frase com a palavra "remédio" e não dizendo "remédio para sei lá o quê…", em vez de diminuir, aumenta o clima de suspense.

Pisco não se aguenta…

— Pra que é que você toma remédio, cara?

— Pisco!

— Se liga, Gute: e se for alguma doença contagiosa?

Leonardo da Silva acha graça…

— Não é nada contagioso, Pisco…

… mas resolve manter o clima de suspense.

— … pode ficar tranquilo.

Claro que Pisco não fica tranquilo. Gute se preocupa…

— E se a gente não sair daqui até às seis?

Leonardo da Silva confere as horas no celular e responde com mais um sorriso e um batalhão de covinhas.

— Fica calma, vai dar tempo.

O jeito carinhoso como Leonardo da Silva fala faz até parecer para Gute que é ela quem tem de tomar o remédio e não o garoto. E mais: ele foca sobre ela os olhos e a atenção de um jeito tão especial que Gute se sente protegida de um modo profundo e até se esquece de que ficar presa em um elevador não é a coisa mais agradável do mundo.

— … então, eu fico.

É nesse momento, depois dessa curta resposta que Gute dá a Leonardo da Silva, que ela começa a sentir uma coisa tão enigmática quanto encantadora.

Gute começa a ver borboletas coloridas flutuando no elevador. Ela pisca para ver se não está tendo uma visão. Mas Gute está, sim, tendo uma visão! e gosta disso! e sorri para todo mundo e para ninguém ao mesmo tempo.

— Tá rindo do que, menina?

É sem se deixar abater pela provocação de Pisco que Gute responde...

— Se eu contasse, você não acreditaria.

Bem mais do que a resposta, o tom superior com que Gute responde deixa Pisco diminuído... mas tão diminuído... que, mesmo se ele quisesse responder, sua voz sairia muito baixa e ninguém ouviria.

Mais uma vez o elevador fica em silêncio. E, mais uma vez, Pisco não suporta o silêncio...

— Pra que time você torce, Leonardo?

— O melhor time do mundo.

Pisco se anima!

— ... o meu!

Engano de Pisco. O time de Leonardo não é o mesmo que o dele.

— ... deve ser por isso, Leonardo, que em vez de jogar futebol, você quis jogar queimada... vôlei...

— Pisco!

— Deixa ele, Gute.

— Meu irmão tá sendo grosso com você.

— O cara tá brincando.

— Não tô, não.

Pela maneira de falar de Pisco, dá para perceber que ele está, sim, brincando. Leonardo da Silva, supertranquilo, sem o menor tom de quem quer dar algum tipo de satisfação para uma provocação, responde...

— Eu não quis jogar futebol porque eu queria ficar junto com as garotas.

Seis olhos se arregalam animados…

— Se a gente fosse jogar futebol, elas ficariam de fora.

… são os olhos de Gute, Tina e Nanda, claro! Os outros dois olhos — os de Pisco — também se arregalam, só que de susto.

Sem saber o que dizer sobre o que ouviu, Pisco muda de assunto…

— Alguém sabe contar piada?

A ideia de Leonardo da Silva acende Pisco!

— Eu sei!

— Suas piadas são muito sujas.

— Se liga, Gute! "Sujo" é o que os políticos fazem com o dinheiro da gente.

— "Da gente"… olha como ele fala… até parece que você paga algum imposto.

— Tá chamando o papai de sonegador de impostos?

— Como é ignorante! Tô chamando você de pobre mesmo.

— Lembra que eu sou seu irmão.

A discussão de Pisco e Gute é interrompida pelo elevador, que balança para um dos lados. Todos ficam atentos.

— Vai cair!

Claro que quem falou isso foi o Pisco!

— Deixa de ser bobo, menino.

O elevador balança mais uma vez.

— É melhor a gente se levantar.

— Tem razão, Leonardo.

Quando Gute termina de concordar com Leonardo

da Silva, todos já estão em pé. Ainda bem, porque o elevador dá mais uma sacudida — essa, um pouco mais forte — e entra em movimento, chega ao térreo… e para.

Quando a porta se abre, na portaria estão o síndico, o zelador, o porteiro, os pais de Gute e o seu André.

Depois de um "quase drama" — filhos encontrando os pais logo que terminou um pequeno incidente! —, a família de Gute, Nanda, Tina, seu André e Leonardo da Silva vão para o elevador, para subir novamente.

Gute na porta e…

— Tô com medo de entrar de novo.

Só falta ela entrar no elevador.

— Deixa de ser boba, filha.

— Eu vou pela escada, mãe. São só três andares.

Começando a sair do elevador, Leonardo da Silva sorri para Gute e diz…

— Eu vou com você.

As borboletas coloridas que Gute tinha visto voltam e começam a se espalhar por toda a portaria.

Colocando-se ao lado de Leonardo da Silva, Pisco se intromete…

— Eu vou junto.

As borboletas desaparecem, como se tivesse batido uma rajada de vento.

Gute ainda tenta se livrar de Pisco…

— O Leonardo já se ofereceu pra ir comigo.

Pisco não tenta esconder o ciúme.

— Por isso mesmo que tô falando.

Os pais de Gute e o tio de Leonardo da Silva prestam tanta atenção no impasse quanto Tina e Nanda.

Leonardo da Silva sorri para Pisco, tem de dizer...

— Pode deixar, Pisco, eu vou junto com a sua irmã.

A maneira de Leonardo da Silva falar é tão simpática e amiga que Pisco não tem coragem nem de responder. Ele só tem forças para voltar para dentro do elevador.

Leonardo da Silva volta seu sorriso e suas covinhas em direção aos pais de Gute.

— Vocês acham ruim que eu acompanhe a Gute?

O pai de Gute está um tanto quanto atrapalhado; mas sorri. A mãe, bastante intrigada, responde...

— De maneira nenhuma.

Leonardo da Silva reforça ainda mais o sorriso, deixando bem claro quanto gostou da resposta e chama a garota...

— Vem comigo, Gute.

É quase flutuando que Gute acompanha Leonardo da Silva até o pé da escada. A porta do elevador se fecha. Gute e Leonardo da Silva começam a subir.

#CapítuloCinco

— Tá tudo bem?

— Hum-hum.

— Tá longe.

— ... tô aqui.

Enquanto dá essa resposta um tanto quanto "vaga", Gute começa a contar os degraus que está subindo. Isso ajuda a manter a garota distraída. Tão distraída que Leonardo da Silva tem de falar um pouco mais alto para que Gute preste atenção nele.

— Gute?

— Hã?

— Parece que você não tá nem aí pra mim.

Gute fica muito sem graça. Justamente por estar #Muito... #Hiper... #Super "aí" para Leonardo da Silva é que ela está tentando se distrair.

— Não é... é que eu estava aqui fazendo um cálculo, sabe?

Leonardo da Silva acha aquele comentário bem esquisito.

— Cálculo?

— Bobagem minha. O que foi que você disse?

— Eu disse que acho muito legal a maneira como você e seu irmão se tratam.

— Muito legal? Parece que a gente vive em um campo de batalha. Isso me cansa um pouco.

— Cansa como?

— O Pisco não para de pegar no meu pé.

Para dizer o que dirá, Leonardo da Silva prepara o terreno: passa a andar mais devagar e também a falar mais devagar. Gute também diminui o passo e abre um pouco mais os olhos, como se isso a ajudasse a escutar melhor.

— Dá pra perceber, também, que seu irmão tem o maior cuidado com você…

Gute fica sem graça…

— … que ele gosta muito de você.

… e mais sem graça ainda!

— Vamos mudar de assunto, Leonardo?

— De qual dos assuntos você tá falando?

— Não tô entendendo.

Agora é a vez de Leonardo da Silva ficar um pouco sem graça.

— Eu falei sobre seu irmão… e sobre gostar.

Gute está tão confusa que se atrapalha com a própria saliva. Isso preocupa Leonardo da Silva.

— O que foi?

— Me engasguei.

— Quer ajuda?

— Por favor… bate nas… minhas… costas.

Para fazer o que Gute pediu, Leonardo da Silva chega mais perto dela. A garota, já quase recuperada do engasgo, fica possessa.

— Dá pra você ficar longe de mim?

— Hã?

— Eu vou chamar o meu irmão.

Leonardo da Silva se ofende.

— Como é que eu vou bater nas suas costas de longe? Por telepatia?

Gute se ofende.

— Já passou.

Leonardo da Silva se ofende um pouco mais!

— Mas você ainda está vermelha.

Gute se ofende ainda mais!

— Olha aqui, Leonardo da Silva, eu não tenho a menor ideia de qual é a sua intenção, mas se você se ofereceu pra me ajudar, só pra…

Quando percebe o papel ridículo que está fazendo, Gute se interrompe.

— … desculpa.

O garoto acha graça.

— Eu até desculpo, se você me disser o que é pra eu desculpar.

Silêncio. Gute, outra vez, não sabe o que dizer. Ou como dizer o que ela gostaria de dizer. Deve ser por isso que ela dá uma bela enrolada.

— Sabe o que é? Acho que é muita coisa no mesmo dia…

Claro que, quando Gute usou em sua desculpa um advérbio de intensidade que vale por duas *hashtags* – #Muito! #MuitaCoisa! –, ela estava se referindo principalmente àquele garoto lindo e cheio de covinhas ao lado dela; e não estava falando do fato de ter ficado presa no elevador. Ou da ameaça do sequestro virtual.

– As coisas não pedem licença pra acontecer, vão acontecendo.

A observação de Leonardo da Silva deixa Gute mais confusa; se é que é possível uma garota ficar mais confusa do que ela já estava.

Primeiro, Gute pensa que o garoto está se referindo à mesma coisa que ela. Depois, quando percebe que a voz de Leonardo da Silva saiu bem mais triste do que vinha saindo, Gute começa a achar que as coisas às quais ele se refere são outras.

– Agora quem precisa de explicação sou eu, Leonardo.

– Se a sua vida está assim, meio que parecendo um furacão hoje, eu tenho vivido quase que o tempo todo no meio de um redemoinho... sabe o que é redemoinho?

Gute pensa em se ofender novamente...

– Claro que sei.

... mas é nesse momento que ela fixa melhor seus olhos nos olhos de Leonardo da Silva e vê um pouco mais de tristeza do que gostaria de estar vendo.

Aí ela repete o que tinha falado, com muito mais suavidade...

– Claro que sei.

E o garoto sorri para Gute, empurrando sabe-se lá para onde os pensamentos que tinham deixado o olhar dele triste.

— Isso não tá certo, Leonardo.

— Isso o que, Gute?

Gute se enfeza.

— Você está errando totalmente as suas falas.

Leonardo da Silva volta a não entender nada.

— Hã?

— Quem você pensa que está enganando?

— Enganando?

O enfezamento de Gute migra para a fúria...

— Se você pensa que eu vou cair nessa sua... nessa sua... conversinha...

— Conversinha?

Claro que é uma fúria recheada de medo, mas é uma fúria!

— Igual a você, eu conheço pelo menos dez garotos.

Leonardo da Silva se aborrece.

— Iguais!

— Hã?

— Já que você conhece "tantos" garotos iguais a mim, você deve usar o plural, "iguais", e não o singular, "igual".

— Desculpa, eu fiquei confusa. Mas não tô mais: "iguais" a você, eu conheço pelo menos dez garotos.

Leonardo da Silva se aborrece um pouco mais.

— Sorte sua.

— Como é exibido.

— Calminha, garota.

— Foi você quem pediu.

— Eu pedi?

— Se você não estivesse tentando me subestimar desde que colocou os pés na minha casa, quem sabe, eu falasse de outro jeito.

— Subestimar?

— Não me diga que eu tinha que ter usado o plural! Eu estava falando só sobre mim... uma única pessoa... singular...

— Será que você poderia dizer pelo menos duas frases que façam sentido?

— Ah... agora sou eu quem está dizendo as frases sem sentido!

— E não é?

— Quer que eu desenhe pra você entender?

— Acho que nem assim eu vou conseguir entender.

— Problema seu.

— Sorte minha... problema meu... quer saber? Eu não gosto de ser tratado desse jeito.

— Qual jeito?

— Com essa... essa... intimidade agressiva.

Quando Leonardo da Silva faz essa combinação de palavras um tanto quanto sofisticadas para a idade dele — intimidade agressiva —, Gute fica ainda mais confusa; mas não se deixa abater.

— Pensa que vai me enganar combinando palavras?

Cada vez Leonardo da Silva entende menos Gute. Se esse tipo de entendimento fosse um assunto que fizesse parte da matemática, poderia se escrever que o entendimento de Leonardo da Silva está negativo faz tempo.

— Do que é que você tá falando agora?

— Você disse "intimidade agressiva" de um jeito...

— Que jeito é esse?

— Como se você falasse sempre assim.

— E por que eu não posso falar assim?

— Porque um garoto lindo... de cabelos cor de ouro... olhos da cor do mar... cheio de covinhas... a cara do Young Eliot... não sai por aí combinando as palavras desse jeito.

Parece que Leonardo da Silva começa a ver algum sentido no *"show* de Gute".

— Ah... então, só porque eu sou bonitinho, eu não posso ser inteligente?

— Tá se "achando", né?

— Me achando?! Eu até me rebaixei.

— Como assim?

— Você me chamou de lindo; eu só me chamei de bonito... e ainda no diminutivo.

Gute fica sem jeito pela milésima vez e diz...

— Eu estava falando sobre quando você disse que era inteligente e não bonito.

— Talvez você tenha razão. Se eu fosse um pouco mais inteligente...

Alguma coisa incomoda Leonardo da Silva o suficiente para que ele pare de falar.

— O que foi, Leonardo?

— Nada.

Gute chega mais perto e percebe que ele está ficando pálido.

— Você tá sentindo alguma coisa?

Claro que está! Leonardo da Silva coloca as mãos na barriga e começa a transpirar.

— Já vai passar.

Gute chega ainda mais perto dele. Parece que ela não acreditou muito no que disse Leonardo da Silva, que a dor que fez ele se curvar vai passar logo.

— Vamos sentar aqui na escada um pouquinho.

Leonardo da Silva se afasta de Gute.

— Já tá passando…

Parece que Leonardo da Silva não está mentindo. A cor do garoto começa a voltar.

— … deve ser porque está chegando a hora de tomar o remédio.

A vergonha impede que Gute tenha coragem de fazer qualquer pergunta.

— Desculpa, Leonardo.

Agora, sim, Leonardo da Silva está melhor. Mas continua um pouco sem graça.

— Não precisa ficar com dó, só porque eu tive uma dor…

— Acho que eu exagerei.

— … ou você acha que um garoto bonitinho, quer dizer, lindo, não pode ter dor… ter problemas…?

Enquanto fala, Leonardo da Silva tenta usar um tom de voz superior – #QuaseBravo! – que soa muito falso, dá para perceber que ele está muito mais triste e magoado do que bravo.

Agora, sim, talvez Gute tivesse motivos para dizer que Leonardo da Silva está dizendo frases que não combinam com ele. Mas ela não consegue dizer nada; pelo menos, nada nesse sentido.

— Eu posso ajudar você?

— Se você puder, não comente nada com o meu tio.

— Pode deixar.

— Nem com suas amigas.

— Hum-hum.

— E nem com ninguém.

Bem intrigada, Gute sorri para Leonardo da Silva e diz...

— Segredo!

Leonardo da Silva não corresponde ao sorriso e faz uma expressão de que também não gostou de Gute ter dito "Segredo!".

— Não tem nada de segredo.

— Desculpa.

Como um raio pulando degraus — se os raios pulassem degraus! —, Pisco aparece no corredor descendo a escada. Com a maior cara de curioso, ele tenta entender o que está acontecendo.

— Vocês estão demorando... a mamãe me mandou conferir se está tudo bem... e, pelo que eu estou vendo, não tá nada bem.

— Duvido que a mamãe mandasse você atrás de mim.

— Pelo menos, quando eu falei que viria atrás de você, ela não me proibiu de vir.

— Pode conferir: eu estou inteirinha!

— Ridícula.

— Eu?

— Vamos logo. O lanche já está servido e o tio do Leonardo tem que ir buscar o pai da Tina.

Em silêncio e fingindo normalidade, Gute e Leonardo da Silva voltam a subir os degraus que faltam. Eles fazem isso em companhia de Pisco, que está cada vez mais intrigado com aquele silêncio entre os dois.

Pisco tenta sussurrar alguma coisa no ouvido de Gute.

— Ele fez alguma coisa?

Também sussurrando, Gute responde ao irmão.

— Quer fazer o favor de ficar quietinho?

— Se ele fez, eu arrebento esse cara aqui mesmo.

— Chega, Pisco.

Também é fingindo normalidade que Gute e Leonardo da Silva chegam ao apartamento e se juntam aos outros para lanchar.

Gute faz questão de não se sentar à mesa ao lado de Leonardo da Silva. Ela fica entre Nanda e Tina, que estão curiosas! curiosíssimas!

O primeiro comentário é de Tina, com volume quase zero…

— Você e o Leonardo estão com umas caras… o que aconteceu?

A resposta de Gute sai sussurrada.

— Depois eu conto.

O comentário de Nanda sai com um pouco mais de volume.

— Também quero saber.

Volume suficiente para atrair a atenção curiosa de Pisco...

— Saber o quê?

O clima fica tenso. É a própria Nanda quem sai com uma resposta um tanto quanto sem sentido...

— Se eu ainda quero saber, como é que eu vou dizer o que é, Pisco?

... tão sem sentido que confunde Pisco o suficiente para que o garoto dê por encerrada, pelo menos por enquanto, a sua busca por informações sobre o que teria acontecido naquele enigmático encontro entre Gute e Leonardo da Silva.

— Esse galãzinho que me aguarde!

O lanche volta "ao normal", seja lá o que isso signifique. É enquanto Leonardo da Silva e seu André estão se despedindo que Gute aparece com uma novidade...

— Leonardo, espera só um pouquinho que eu vou até o meu quarto pegar aquele livro que eu disse que ia emprestar pra você.

— Livro...

Leonardo da Silva tenta disfarçar a surpresa com uma exclamação muito falsa.

— ... ah!

Em poucos segundos, Gute vai e volta com o livro de um garoto que foi criado pelos lobos.

— Está aqui.

Mesmo não tendo a menor ideia dos planos de Gute, Leonardo da Silva respeita o jogo dela.

— Valeu. Depois que eu ler, peço pro meu tio devolver, pela Tina.

— Não tem pressa. Tchau.

— Tchau.

Só quando já está no carro com seu tio é que Leonardo da Silva, quase recuperado da surpresa que o gesto de Gute lhe causou, tem coragem de abrir o livro, ainda que disfarçando, para ver se seu palpite está correto.

E está!

Entre a capa e a primeira página, antes de virar a folha, Gute escreveu a lápis um recado para ele.

Depois de ler o recado, Leonardo da Silva pensa…

"Quem é que entende uma garota?"

#CapítuloSeis

Mesmo sem saber que essa tinha sido a última frase de Leonardo da Silva sobre ela, Gute repete "Quem é que entende um garoto?" vinte… trinta… trezentas vezes… quando se fecha em seu quarto novamente com Nanda e Tina, para esperar o motorista voltar para pegar Tina e, como sempre, dar uma carona para Nanda.

Gute contou tudo, quer dizer, quase tudo… sobre seu papo com o Leonardo da Silva; mas não falou sobre a dor que o garoto sentiu, como tinha prometido a ele.

Nanda ficou confusa…

— Não entendi muito bem, Gute…

Tina, também…

— Rolou um clima ou não?

Ao que parece, Gute também não está entendendo muito bem o que aconteceu…

— "Um clima" rolou… agora, que clima foi esse, eu ainda não faço a menor ideia… Eu fiquei superatrapalhada, ele também. É tudo muito recente…

Tina acha graça no jeito de Gute.

— Quanto drama por quase nada.

Gute se ofende!

— Quase nada… quase nada… mas fique sabendo que foi o quase nada mais perto de alguma coisa que já aconteceu na minha vida. Não sei de onde eu tirei coragem pra dar o meu contato pro garoto. E o que é pior: sem ele pedir.

— Tá. Ele já te escreveu?

Quem fez essa pergunta recheada de frieza e arrogância foi Tina.

— Não.

— Passou pelo menos uma mensagem, dando o número dele pra você?

— Também não, Tina.

Vendo Gute cada vez mais murchinha ao seu lado, Nanda tenta dar força à amiga…

— Acho que ele só vai dar algum sinal amanhã à tarde.

Tina não faz o menor esforço para continuar sendo fria, quase antipática…

— … acho que ele não vai dar sinal nenhum!

O olhar que Gute lança sobre Tina tem a potência de um raio de 8.000 watts. Mas o para-raios de Tina é bem resistente…

— Não espera demais desse garoto.

… e o tom enigmático que ela usa faz parecer que Tina sabe bem mais do que está dizendo.

— Você sabe de alguma coisa sobre o Leonardo, Tina?

— Várias.

— Então, me fala.

— Sendo o gatinho que o Leonardo é, ele deve abrir

testes quando vai mudar de namorada. E, desculpa a minha sinceridade, Gute, você não me parece preparada para testes.

Quando quer, Tina sabe ser bem cruel. Nanda percebe quanto Gute fica desconfortável com o que acaba de ouvir.

— Precisava dizer isso, Tina?

— Claro que precisava. Eu sou amiga da Gute…

Gute está quase chorando!

— … eu me sentiria uma traidora se não mostrasse o que acho e que a Gute tem que tomar cuidado. Eu não disse pra ela desistir de nada, só tomar cuidado.

A mãe de Gute avisa que o motorista de Tina já chegou. Vendo que ficou um clima meio tenso, Tina tem uma ideia…

— Por que vocês duas não vêm comigo pra praia, passar os quatro dias de feriado? Meu pai mandou trocar a iluminação da piscina lá de casa… eu pedi pra colocar algumas lâmpadas estroboscópicas. Deve ter ficado o máximo. Antes que você pergunte, Gute: o seu André e o Leonardo não vão com a gente pra praia. Meu pai deu folga pro seu André nesses dias, por isso ele foi pegar o sobrinho pra ficar com ele… e etc… e etc…

Nanda até que se interessa pela ideia, mas não pode…

— Domingo é aniversário da minha avó e vai ser o primeiro ano que ela passa sem o meu avô.

Gute, temendo que Leonardo da Silva faça contato, acha melhor ficar de plantão…

— Fica pra próxima, Tina. Obrigada.

Enquanto Tina e Nanda se despedem, Nanda

cochicha no ouvido de Gute...

— Amanhã, quando eu acordar, eu te chamo.

Assim que Tina e Nanda saem, Gute tenta fazer a sua vida voltar ao normal: toma banho, confere mensagens, põe pijama, troca mensagens com Nanda... penteia os cabelos... confere mensagens de novo, enche seu pequeno quarto com o som de "Hamlet & Juliet", confere fotos no *tablet*... Gute tenta fazer tudo isso com a normalidade de sempre.

Mas não tem nada de normal. Banho, pijama, música, mensagens, fotos. Parece que tudo mudou. Parece que a tudo isso foram acrescentados as covinhas, o olhar e os quase cachos dos cabelos de Leonardo da Silva.

"Como é que eu faço pra parar de pensar nesse garoto?"

E quem é que disse que Gute quer mesmo parar de pensar em Leonardo da Silva? E para quê? Qual é o problema de ocupar o tempo, o espaço e a imaginação com aquele que, do nada, entrou na casa e na vida de Gute?

Gute se lembra que tem que ler para o colégio uma adaptação de *Romeu e Julieta*.

Enquanto procura o livro pela mochila, Gute vai se lembrando que conhece muito bem a história de amor de Romeu e Julieta. Ela até participou de uma montagem que teve no colégio, em que Camila era a Julieta.

Depois de se lembrar de Camila fazendo a Julieta no palco, Gute se lembra de sua querida amiga Camila não fazendo papel nenhum, ou melhor, fazendo papel dela mesma, papel de amiga, na vida real.

"Vou falar com a Camila!"

Por "Vou falar com a Camila!" entenda-se "Vou contar pra Camila que eu conheci o Leonardo da Silva etc. etc.".

Gute tenta primeiro uma mensagem de texto…

Camila não responde. E nem aparece no telefone de Gute se ela está conectada ou *off-line*.

"Que estranho!"

Ela tenta ligar…

"Deu caixa. Será que ela viajou?"

Mesmo assim, Gute passa mensagens dizendo que precisa conversar com a Camila um assunto urgente…

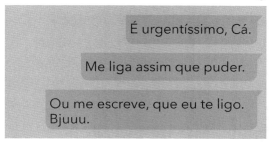

Quando Gute termina a última mensagem, ela está bem feliz por ter podido movimentar um pouco a história de Leonardo da Silva, mesmo que não seja na direção em que ela quer – em direção a ele, claro! –; mas movimentou.

Quando já está deitada, só com a luz do abajur ligada e com o livro nas mãos, Gute sente uma certa preguiça de começar a ler…

"Melhor começar amanhã!"

Mas Gute se lembra da palestra com o escritor de

Romeu e Julieta – quer dizer, o adaptador de *Romeu e Julieta* – que acabou de visitar a escola dela.

O escritor terminou a palestra com um desafio...

– *Comecem a ler o livro... se não gostarem, podem parar!*

"O escritor deve acreditar mesmo que fez um bom trabalho!"

Depois desse pensamento, Gute resolve aceitar o desafio do escritor. Ainda mais sendo a história de Romeu e Julieta, uma das mais bonitas tragédias de amor.

Gute até arrisca, mas está cansada demais para se concentrar. Afinal, aquele foi um dia bem diferente dos outros...

"Foi o dia mais profundo da minha vida!"

As penúltimas forças que tem, Gute usa para combinar com ela mesma que amanhã, sábado, vai começar a ler o livro. As últimas forças, Gute usa para apagar o abajur. Como não sobram mais forças, ela dorme segurando o livro.

E, quando é acordada por seu irmão no dia seguinte, Pisco começa a conversa chamando a atenção para aquele estranho fato...

– Dormir abraçada com um livro não vai fazer a história entrar na sua cabeça.

Ainda sonolenta, Gute quer saber as horas.

– Uma e quinze... da tarde.

Gute se assusta e se senta na cama com um pulo...

– Eu dormi até agora?

"... e se o Leonardo tiver ligado?????????????"

É com uma enooorme tristeza que Gute confere o celular e, entre as trezentas e quarenta e cinco mensagens, não tem nenhuma de Leonardo da Silva.

— O que você quer, Pisco?

— Eu não quero nada. Quem quer são suas amigas.

— Não entendi.

— Você nunca me entende mesmo.

— Chiii! Desembuuuucha, menino.

— A Camila, a Nanda e a Tina já mandaram mensagens pra mim, querendo saber quando seria seu enterro.

— Para.

— Fala com elas. Fui!

E Pisco vai mesmo. Assim que o garoto sai, chega mais uma mensagem, de Camila.

Em vez de responder por texto, Gute resolve ligar...

— Oi, Camila!

— *Tava ficando preocupada.*

— Dormi quase um dia inteiro.

— *Você tá doente?*

— Não.

A possibilidade de voltar a falar de Leonardo da Silva desperta e anima Gute.

— ... Camila... eu tenho uma coisa pra te contar... uma não, várias...

E Gute conta, ou melhor, começa a contar à amiga tudo o que se passou no dia anterior.

— *Isso não é um papo pra telefone, Gute. Você tá ocupada?*

— Não… acho que eu tenho que almoçar, daqui a pouco…

— *Almoçar?*

— Não são quase duas horas?

— *Que duas horas? Tá louca? São dez e quinze da manhã.*

— Ah… o Pisco… deixa pra lá. Quer vir aqui em casa?

— *Quero.*

— Almoça comigo… a gente chama a Nanda… a Tina viajou.

— *Vou falar com a minha mãe. Daqui a pouco, eu te aviso.*

A mãe de Camila deixa. A mãe de Nanda, também, mas depois do almoço.

Lá pelas duas e meia da tarde, Nanda e Camila estão com Gute no quarto dela, ouvindo pela milésima vez os mínimos detalhes de uma história que ainda tem poucos detalhes.

Como, a partir da décima vez que Gute conta sua história, Camila já não tem mais dúvidas e nem o que acrescentar, ela resolve protestar.

— Pena que a professora separou a gente no trabalho de Arte sobre os orelhões.

O assunto não agrada, nem emplaca. Nanda tem uma ideia…

— E se a gente fizesse um bolão?

Camila e Gute não entendem.

— Bolão?

— Pra ver quem acerta a hora em que o Leonardo da Silva vai escrever ou ligar pra Gute.

E Gute...

— Não acho uma boa ideia!

— Por quê?

— Eu já estou contando até os milionésimos de segundo... se a gente fizer um bolão, eu vou piorar... não posso ouvir o celular apitar uma mensagem, que a minha vontade já é sair correndo pra conferir... até quando eu ouço o toque do celular da minha mãe, do meu irmão... o toque do telefone fixo da sala... até o interfone... até o miado da gata do vizinho de baixo... tudo, pra mim, é como se fosse o toque do telefone avisando que o Leonardo está me escrevendo, me ligando...

Quando termina o seu desabafo, Gute está quase chorando.

Como Nanda é daquele tipo de pessoa que acha que amiga não é aquela que enxuga as lágrimas, e sim quem não as deixa cair, ela tenta melhorar a sua ideia...

— E se a gente fizesse aquele teste, pra ver se o Leonardo combina com você... vamos preencher o vazio do garoto com um tipo de Leonardo da Silva virtual... falando nele, mais do que a gente já tá fazendo, quem sabe ele seja atraído...

Vendo que a ideia começa a alegrar a amiga, Camila nem espera que ela responda; e corre até a mesinha onde está o *tablet* de Gute.

Em menos de um segundo, a dona do *tablet* já digitou a senha e entra no site que ela já conhece muito bem; e as três garotas estão em volta da tela, prontas para começar o teste.

— Qual foi a reação do garoto quando vocês se viram da primeira vez? A) ele engasgou; B) abriu um pouco mais os olhos para te olhar; C) conferiu o celular; ou D) perguntou se você poderia emprestar um carregador para o celular.

Gute arrisca um palpite.

— Alternativa B.

Para a segunda pergunta (Ele fez questão de usar palavras especiais para falar com você?), a resposta de Gute também é a alternativa B: de alguma maneira, sim, mas não explicitamente.

As outras oito respostas também caem na alternativa B… o que soma um total de 30 pontos… e que dá como resposta:

— É melhor não esperar muito por enquanto. Trata-se de um garoto especial, mas nada é garantia de nada. Preste atenção nos detalhes e não se prenda demais.

Quando termina de ler o resultado do teste, Gute fica mais intrigada do que triste. Quando confere as horas no celular e vê que já passou mais meia hora, e nada, Gute vai ficando mais triste do que intrigada.

Camila abre outra página, com outro tipo de teste…

— Que tal um jogo de dados!

Camila entrega de novo o *tablet* para Gute, que toca no desenho de dois dados que começam a girar… girar… girar… a cada girada dos dados, o suspense no quarto vai ficando maior… maior… maior…

— Vamos ver o que diz a Mensagem dos Dados…

Um dos dados cai com a face do número três para cima; o outro, com o número seis. Gute não tem coragem de conferir o resultado e entrega o *tablet* para Camila, que é rápida na leitura da resposta…

— Nove pontos. Vá com calma. É cedo para tentar entender as coisas. Não se ligue muito nos detalhes.

As garotas trocam olhares. Nanda se lembra de um oráculo que mistura cores e letras. Gute se anima! Nanda abre o jogo, que fica em outro site, e entrega de novo o *tablet* para Gute…

— Embaralha as pedras, Gute!

É com a ponta do dedo indicador da mão direita suando e quase tremendo que Gute embaralha as cartas brancas, pensa no que quer saber — se o Leonardo da Silva vai existir pra ela, claro! — e espera formar-se uma combinação de letra e cor com o resultado…

— Não tenho coragem de ler.

Gute entrega o *tablet* para Camila. A combinação cor-letra é A-vermelho. Camila passa os olhos pela tela antes de ler… e faz uma expressão bem confusa!

— O que foi, Camila?

— Posso ler?

— Tô morrendo de curiosidade.

E Camila lê o que a resposta…

— Esse será um dos meses mais importantes da sua vida. Fique esperta para todos os meninos que aparecerem. Um deles pode ser seu novo ou primeiro namorado. Não se ligue só nas aparências. Elas podem enganar. Um garoto baixinho, feio ou tímido pode ser um cara legal. Talvez seja um garoto assim, mais para sapo do que para príncipe, que vá te fazer feliz.

A resposta deixa Gute mais confusa, A mensagem das flores, que ela joga depois, mais ainda. A mensagem do tarô, ainda mais. Quando Gute joga o I Ching, então, fica parecendo que a mensagem está em grego.

— … os testes, os dados, as flores, os números, as pedras, as cartas… parece que ninguém está muito a fim de me ajudar…

Gute olha para Camila, que olha para Gute, que olha para o relógio de celular: 17h43.

— … pelo menos o relógio podia me ajudar… o sábado já tá quase acabando… e nada de o Leonardo da Silva me ligar.

#CapítuloSete

Quando escuta de seu quarto o toque do telefone fixo da sala (o que é cada vez mais raro, tendo cada um seu próprio celular!), Gute sente um arrepio...

"... e se for ele????"

Não faz muito sentido Leonardo da Silva ligar no telefone fixo. Mas quem controla a cabeça de uma garota, digamos... "interessada!" (para não dizer apaixonada!)???

Mesmo sabendo que não faz muito sentido essa dúvida e essa expectativa (só a vontade!), Gute dispara a toda a velocidade pelo pequeno corredor que separa seu mínimo quarto da sala.

"... ele pode ter pedido o telefone aqui de casa pra Tina!"

Tina nem deve saber o número do telefone fixo da casa de Gute, mas... alguns microssegundos depois, ela está ao lado de Pisco, que termina de colocar o telefone sem fio de volta à base.

— Quem era, Pisco?

Pisco finge que não escuta e vai saindo da sala. Gute aumenta o próprio volume.

— Quem era, Pisco?

Para responder à irmã, Pisco para na porta de seu quarto...

— Quem era, Gute...

... e procura um tom para lá de superior, como se quisesse mostrar que sabe muito mais do que vai dizer.

— ... ninguém que te interesse!

Gute percebe que naquela superioridade, além da arrogância natural de seu irmão, tem coisa.

"Se tem!"

E percebe mais: que Pisco está tentando colocar a garota em uma espécie de armadilha para que ela diga que está esperando uma ligação.

— Tá legal, Pisco.

Por mais curiosa e ansiosa que esteja, Gute jamais daria esse gostinho de vitória ao seu irmão. Ela engole a seco, vira as costas e vai saindo da sala.

Pisco provoca...

— Você está esperando a ligação de alguém no telefone fixo aqui de casa?

Gute para no meio do passo e diz...

— Imagina!

Pisco continua tirando suas conclusões nada precipitadas...

— Óbvio que tá.

— Deixa de ser ridículo!

E Gute some no corredor. Mas parece que Pisco não quer que Gute volte para o quarto...

— Vai dizer que você deu o número do telefone aqui de casa praquele cara metido a bonitão?

Como num passe de mágica, Gute reaparece na sala.

— Sobre quem você está falando?

Pisco pega carona na ironia de Gute e responde com outra pergunta.

— Sobre quem você acha?

Como tem acontecido a cada dois segundos desde que Gute conheceu Leonardo da Silva, as covinhas, o sorriso e os olhos verdes e às vezes tristes dele enchem a imaginação dela, como se o garoto fosse um *outdoor*, um anúncio enorme de rua, um *outdoor* infinito…

"… aaaah! Que saudade!"

Assim que Leonardo da Silva saiu da casa de Gute, na sexta-feira, em vez de ir embora, ele mergulhou profundamente na imaginação dela. E encheu de uma alegria nova e delicada cada cantinho dessa imaginação. Leonardo da Silva se encaixou totalmente no sonho de primeiro amor de Gute: garoto bonito, sensível, com um certo ar de tristeza…

Ah… desde que se encontrou com Leonardo da Silva, Gute não teve coragem de acessar o site bombado de Young Eliot!

Ela até tentou, mas quando o garoto começou a sorrir com aqueles dentes lindos, a encarar a câmera com aqueles olhos idem… Gute foi ficando #Quente!, #Fria!, #Fervendo!, #Congelada!… começou a transpirar… tudo em volta dela começou a rodar… e a garota quase caiu da cadeira.

Mesmo evitando olhar para aquela cara linda e loira e cheia de covinhas de Young Eliot na internet, a cara linda e loira e cheia de covinhas de Leonardo da Silva continuou perseguindo Gute, onde quer que ela fosse.

No lugar do sorriso do galã da novela, entrou o sorriso do Leonardo da Silva. Em vez do sorriso do carinha do seriado, eram os dentes brilhantes e cristalinos do Leonardo da Silva que Gute via… e as covinhas do Leonardo da Silva ocuparam o lugar das covinhas dos garotos dos anúncios… das fotos… também dos garotos que passavam por ela…

Desde sexta-feira, Gute só tinha olhos, nariz, caras, bocas e principalmente coração! para uma pessoa: Leonardo da Silva.

— Não faço a menor ideia sobre quem você está falando, Pisco.

— Quem você pensa que está enganando, Gute?

— Enganando?

— Todo mundo sacou que aquele livro era uma desculpa sua pra passar um bilhete com o seu contato para aquele protótipo de Young Eliot…

Pisco respira fundo antes de concluir…

— … eu esperava mais de você, irmãzinha!

Até aquele momento, mesmo com toda a expectativa e com toda a ansiedade, Gute vinha conseguindo manter uma certa segurança e um relativo ar de superioridade sobre as provocações de seu irmão.

Mas aquela última frase — "eu esperava mais de você, irmãzinha!" — derrubou qualquer segurança e todo o ar de superioridade sobre os quais Gute vinha se equilibrando. Ela murcha, se encolhe e se resume a uma dúvida…

— Sobre o que você tá falando agora, Pisco?

O que Gute pergunta é "Sobre o que você tá falando agora, Pisco?", mas essas palavras servem apenas de moldura para a aflição, o medo e a dúvida que começam a ocupar cada cantinho da garota.

— Responda, Pisco...

O que Gute quer saber, na verdade, é o que estaria Pisco querendo dizer com aquele enigma...

... "eu esperava mais de você, irmãzinha!"

O que Pisco estaria vendo que ela não conseguia enxergar? E mais: que dica ele poderia estar dando a ela, para que Gute não cometesse o erro — ou os erros — que Pisco achava que ela estava cometendo e que estava — estavam — fazendo com que ele esperasse mais dela?...

— ... hein, Pisco?

Óbvio que, conhecendo Gute como Pisco conhece, ele reconhece o seu pedido de socorro e, ao que parece, ele prefere usar a seu favor essa fragilidade da irmã, e não a favor dela.

— O que você acha que eu estou querendo dizer?

Mas Gute, apesar de estar aflita! e com medo! e confusa!, não é boba. E sabe que a pergunta que Pisco devolve é típica de quem quer ganhar tempo; de quem precisa preencher o silêncio com alguma frase, mesmo sem conteúdo, até que tenha uma frase com conteúdo.

Ou seja, Pisco jogou verde, criou clima... mas não tem nada a dizer.

— Já entendi, Pisco. Você tá com ciúme.

— Claro que estou...

Tendo sua hipótese confirmada — de que Pisco está com ciúme —, Gute se sente segura novamente para virar as costas e sair da sala. Ou, pelo menos, ameaçar fazer isso.

Até que Pisco complete a frase que começou...

— ... mas o meu ciúme é só um pedacinho do que eu estou sentindo.

Que tom suave! Que ritmo lento! Que clareza em cada sílaba! Gute não se lembra de ter ouvido de Pisco nada parecido, tanto pela forma como ele fala quanto pelo conteúdo do que ele acaba de dizer.

Voltam para ela a aflição, o medo e a confusão.

— Assim você tá me assustando, Pisco.

— Desculpa, não era isso o que eu queria.

Pisco pede desculpas de um jeito ainda mais suave, mais lento e mais claro. Proporcionalmente, Gute fica mais aflita, com mais medo e mais confusa.

— Você nunca falou desse jeito comigo, Pisco.

— Talvez porque eu nunca te vi assim.

— Assim como?

— Sem chão... sem ar... no mundo da lua... esperando sabe-se lá o quê...

Gute fica envergonhada. Como é que aquele menino bobo, frio e violento que é o seu irmão está dizendo para ela todas essas coisas tão precisas e inteligentes?

— Você tá bem, Pisco?

Pisco não entende e não responde. Ele continua sua frase de onde tinha parado.

— ... quer dizer, dá pra entender que o que você tá esperando é um contato... uma mensagem daquele... daquele... daquele bobão...

Claro que não era "bobão" o que Pisco gostaria de ter falado. Mesmo assim, mesmo ele tendo pegado tão leve, Gute se ofende.

— O Leonardo da Silva não é bobão.

— É, sim. Se não fosse, já teria ligado pra você.

Gute se ofende mais um pouquinho...

— Não se meta, Pisco.

— Desculpa, Gute. Mas eu não posso ficar quieto, vendo você tão interessada por um cara que não tá nem aí pra você.

Mesmo concordando com seu irmão, Gute tenta defender Leonardo da Silva.

— Ele...

Tenta defender, mas não consegue achar um argumento que convença Pisco ou que, pelo menos, convença a si própria. Afinal, Leonardo da Silva já teve tempo suficiente para telefonar.

— ... ele...

Será que é porque está hospedado na casa do tio dele — na casa do patrão do tio dele! — que Leonardo não fez contato durante todo o final de semana?

"Qual sentido isso faria?"

Nenhum. Gute sabe que Tina ia — e foi! — para a praia com os pais. Mas ela também sabe que o segurança do pai de Tina e o sobrinho dele — no caso, Leonardo da Silva — não foram junto.

— "Ele"... o que, hein, Gute?

— Você não entenderia.

— Então, tenta me explicar. Talvez, assim, fique mais claro pra você mesma entender.

Nossa! Como o Pisco está surpreendendo Gute. Surpreendendo positivamente.

"Positivamente? Como assim?"

Pisco está o tempo todo tentando derrubar a imagem de Leonardo da Silva para Gute; isso não é nada positivo. O que tem de positivo é a sensibilidade e esperteza que Gute está vendo em seu irmão. Sensibilidade e esperteza que ela desconhecia que o garoto tivesse.

— Não é porque nós somos irmãos, Pisco, que eu tenho que falar com você sobre todas as minhas coisas.

— Eu sabia.

— Sabia o quê?

— Que era só você se apaixonar pela primeira vez pra que fosse por água abaixo toda a nossa amizade.

Quase não cabe em Gute aquele monte de surpresas que ela está experimentando. Ela esperava menos de Pisco.

— Primeiro, nós nunca fomos amigos. Nós somos irmãos.

— Desculpa, mas eu fui seu amigo esses anos todos, sim.

— Segundo, eu não estou apaixonada por ninguém.

— Claro que está.

— Não estou.

— Como nunca esteve.

— Para, Pisco.

— E pelo cara errado, que, só porque é bonitinho, não está nem aí pra você.

— Você não tem o direito de se meter na minha vida desse jeito.

— Não teria, se você não estivesse fazendo uma grande bobagem.

— Por que você não cuida da sua vida?

— E o que você acha que eu estou fazendo?

Gute, que já vinha entendendo pouco e tendo que ser muito rápida para responder ao seu irmão à altura de seus comentários, começa a entender menos ainda.

— Que eu saiba, você está tentando se intrometer na minha vida.

— Engano seu, Gute. Eu estou é cuidando da minha vida.

— Não é porque nós somos gêmeos que a nossa vida é a mesma coisa.

— Se eu vejo você sofrendo por um cara que não merece você, eu fico triste, a minha vida fica triste.

Bem que Gute preferia ficar brava com Pisco. Mas ela não consegue. A garota está reconhecendo ali, naquele irmão cheio de frases fortes plantado na sua frente, mais do que uma atitude de ciúme, um tipo de sinalização para que ela preste atenção, que pode estar entrando numa fria quando fica esperando por uma ligação de Leonardo da Silva.

— Pisco, você acha que o Leonardo...

É a própria Gute quem se interrompe. A garota pensa que é um pouco precipitado o que ela ia perguntar — "Você acha que o Leonardo da Silva está brincando com os meus sentimentos?" —; porque o tal Leonardo da Silva nem brincando com os sentimentos dela está.

O garoto, provavelmente, não está nem aí pra ela mesmo.

— Que o Leonardo... "o que", Gute?

Nesse momento, o que em Gute era a espera de um telefonema vira tristeza. Ela se sente a última das últimas entre as garotas. E também a mais boba, por ter achado que aquele garoto lindo... e de covinhas... e com olhar às vezes triste, mas sempre verde... tinha se interessado por ela tanto quanto ela tinha se interessado por ele.

— Nada não, Pisco.

Afinal, Gute é só mais uma garota. Nem tão bonita quanto a Camila. Nem tão feia quanto a Rita Schimidit. Não é gorda como a Gláucia, mas também não é magra como a Sofia.

— Por que você tá com essa cara, Gute?

Gute é uma garota comum. Filha de pais comuns. Neta de avós comuns.

— É a única cara que eu tenho, Pisco.

Essa última frase de Gute sai quase sem volume nenhum.

— Vai ficar assim só por causa do fora de um bonitão bobão?

O pior é que nem "fora" houve. Só o descaso. Só o silêncio.

— Vou pro meu quarto.

Assim que Gute entra no quarto, o celular dela vibra. Mensagem nova: Nanda!

GU?

Gute não tem a menor vontade de interagir. Nanda insiste...

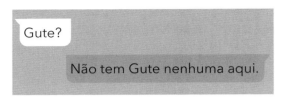

É como se ela não estivesse mesmo naquele lugar. Naquele momento, é como se ela não estivesse em lugar nenhum.

"… onde será que eu fui parar?"

Pela confusão que ela sente em Gute, Nanda arrisca um palpite…

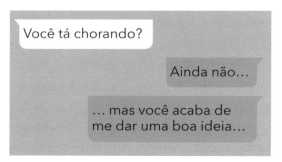

> O que aconteceu?
>
> Entrei em filme errado.
>
> Você sabe que eu sou péssima pra metáforas.
>
> Eu tinha achado que...
>
> ... deixa pra lá, Nanda.

Parece que Nanda começa a entender.

> *Nanda digitando...*
>
> Tá falando daquele gatinho do Leonardo da Silva?

Gute não escreve nada. Nanda não aguenta esperar muito tempo pela resposta...

> Ele não ligou?

Mais "silêncio"! A hipótese de Nanda se confirma!

> *Nanda digitando...*
>
> E se ele não conseguiu ligar?

A coisa mais fácil do mundo é alguém ligar para a Gute! Mandar mensagem, então, nem se fale. A própria Nanda está há um tempão fazendo isso, neste exato momento...

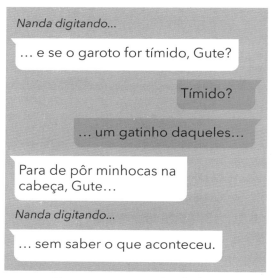

Finalmente, Gute tem vontade de interagir com Nanda na conversa.

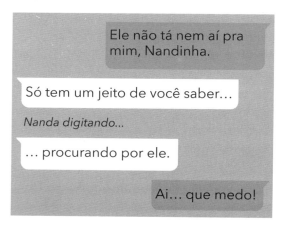

#CapítuloOito

Quando lê a sugestão de Nanda – para que ela procure o Leonardo da Silva –, Gute sente um arrepio. Seu coração bate nas pontas dos dedos, fazendo as unhas pintadas de rosa vibrarem.

> Tá louca, Nandinha?
>
> Não, Gute...
>
> *Nanda digitando...*
>
> ... só tentando ser prática.

As pernas de Gute começam a tremer...

> Se fosse com você, eu queria ver se você procuraria.
>
> Quando é com a gente, a coisa é diferente.

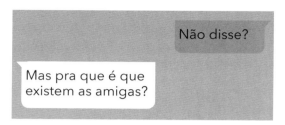

Os olhos de Gute passam a brilhar com mais intensidade...

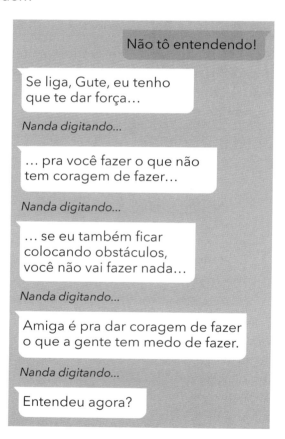

Gute começa a ver algum sentido na teoria de Nanda. Até porque ela cansou de esperar e está doida para fazer alguma coisa por ela mesma… e pelo Leonardo da Silva!

> Acho que entendi.

> Então, mãos à obra!

> Ai… que friozinho na barriga!

> Pega o telefone e escreva pro Leonardo da Silva.

> Mas… eu não tenho o contato dele.

> Gute, você tá parecendo eu, antigamente, com medo de tudo.

> Se liga!

Nanda digitando...

> É só você telefonar para a casa da Tina…

> … o Leonardo não tá hospedado lá?

> E se ele achar ruim que eu telefonei?

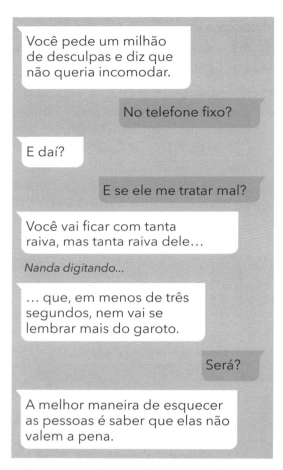

> Você pede um milhão de desculpas e diz que não queria incomodar.

> No telefone fixo?

> E daí?

> E se ele me tratar mal?

> Você vai ficar com tanta raiva, mas tanta raiva dele…

Nanda digitando…

> … que, em menos de três segundos, nem vai se lembrar mais do garoto.

> Será?

> A melhor maneira de esquecer as pessoas é saber que elas não valem a pena.

Como ela concorda com (quase) tudo o que ouviu de Nanda, Gute se anima.

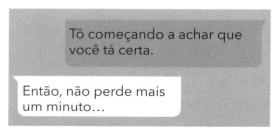

> Tô começando a achar que você tá certa.

> Então, não perde mais um minuto…

Soa bem estranha para Gute a atitude de Nanda.

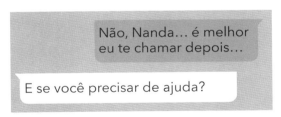

Gute repete a sua última frase.

> Não, Nanda... é melhor eu te chamar depois...

> … é melhor a gente parar de teclar…
>
> … e depois eu te ligo.

Nanda se ofende com Gute!

> Não seja injusta, Gutinha.
>
> Por que injusta?
>
> Eu te dou a ideia…
>
> *Nanda digitando…*
>
> … e, na hora H, você me tira da história…
>
> Depois eu te ligo, Nanda…
>
> … deixa eu ligar logo pra casa da Tina…
>
> … antes que eu perca a coragem.
>
> Tá bom! Boa sorte…

Gute vai para a sala, já procurando em seus contatos o telefone fixo da casa de Tina…

"É agora… ou nunca!"

No corredor, enquanto passa pela porta do quarto

do irmão e escuta a musiquinha que sai de lá, ela sente um quase alívio...

"O Pisco não vai me atrapalhar!"

O pensamento de Gute é porque ela conhece muito bem as variações da trilha sonora do *videogame* preferido de Pisco.

"A guerra ainda tá no começo!"

Cinco segundos para terminar de chegar à sala. Dois segundos para pegar o fone do telefone sem fio. Oito segundos para voltar para o quarto. Um segundo para fechar a porta. Mais um segundo para se jogar sobre a cama... e a coragem de Gute vai embora.

"Isso não vai dar certo!"

É enquanto Gute vê o último filete de sua coragem ir embora pelas frestas da janela que chega uma nova mensagem de Nanda.

… a ideia nem foi sua!

Gute estranha o argumento de Nanda.

Se eu ligar, ele vai pensar que eu sou uma menina fácil.

Se o Leonardo achar isso, e você vai perceber se ele achar…

Nanda digitando...

… você vai ter certeza de que o garoto não vale a pena…

… e mais: você não tá sendo fácil coisa nenhuma.

Nanda digitando...

Tá sendo corajosa.

Quem está sendo corajosa é você…

… a ideia não foi sua?!

Agora, é Nanda quem estranha o argumento de Gute.

Presta atenção: se você não ligar pra ele…

Nanda digitando...

Gute sente um novo arrepio...

E, por incrível que pareça, assim que transmite a mensagem para Nanda, Gute começa a digitar o número da casa...

> Boa sorte, Gu!

… mas a ligação não é completada!

"Errei alguma coisa!"

Na segunda vez, Gute consegue digitar o número completo. No terceiro toque, uma gravação com a voz de Tina atende…

— *Oi, você ligou pra Tina… deixe o seu recado ou ligue no meu celular, se você tiver o número… obrigada.*

"Droga!"

O número que Gute sabe de cor é do quarto de Tina, que está viajando, e onde o Leonardo da Silva jamais atenderia.

"Tenho que ligar no telefone geral na casa dela!"

Gute pega de novo o celular, localiza o contato "Tina" e vê, como terceira opção, um outro número…

"Deve ser um desses."

Gute disca…

"Tá chamando…"

— *Alô?*

Voz de mulher do outro lado da linha. Gute não reconhece. Deve ser uma das empregadas que ela não conhece direito. Gute costuma falar mais com a arrumadeira, dona Maria, que está sempre por perto quando ela visita Tina. Dona Maria era a babá de Tina.

"… mas a voz não é a dela."

— Quem está falando?

A voz responde, já se irritando…

— *Com quem a senhora quer falar?*

Senhora! Essa é boa! Gute resolve mudar a pergunta...

— De onde falam?

A mulher repete o que tinha falado, e mais irritada...

— *Com quem a senhora quer falar?*

Ela deve ter ordem de não dizer de onde é. Ordem de não dar nenhuma informação.

"O seu André é quem deve ter orientado ela, igual ele fez aqui em casa, com a minha família... e agora? O que é que eu falo?"

Se Gute disser que é amiga da Tina e que está procurando o Leonardo da Silva, o que será que a empregada vai achar?

"Melhor não dizer que eu sou amiga da Tina..."

... e se a empregada não reconheceu a voz, melhor não dizer também que é ela, Gute, pelo menos por enquanto.

— Eu queria falar com o Leonardo da Silva.

— *Com quem?*

Para Gute soa tão estranho ela dizer o nome inteiro do garoto quanto soou para a empregada. Afinal, a empregada não deve saber que ele, o sobrinho do segurança, é a cara do Young Eliot. Se bem que, se for jovem, talvez ela saiba, sim.

Gute começa a se acalmar...

— Por favor... eu queria falar com o Leonardo, o sobrinho do seu André.

— *Ah, bom...*

Pela maneira como ela diz "Ah, bom...", fica claro para

Gute que a empregada está relaxando porque reconheceu naquela ligação algo de familiar: o nome de seu André e o do sobrinho dele.

A empregada confirma…

— *Desculpa, eu não tava te entendendo… quem quer falar? É a Luciana?*

Quando escuta o nome "Luciana", Gute fica #Fria!, #Quente!, #Gelada!, #Fervendo!… entra em ebulição… quase em erupção… com vergonha por ter ligado e com raiva por ter descoberto que tem uma Luciana ligando para o Leonardo da Silva.

Será que, por algum momento, não passou pela cabeça de Gute que aquele gatinho de olhos verdes e cheio de covinhas e cabelos encaracolados teria um monte de garotas ligando pra ele?

Sorte de Gute que Tina não está por perto, senão ela já teria dito "*Helloouu? Gute?*" pelo menos umas dez vezes.

Gute pensa em desligar. Antes, ela responde seca…

— Não, senhora.

A empregada arrisca mais um palpite…

— *Então é a Letícia?*

Luciana? Letícia? Será que o tal do Leonardo da Silva tem uma queda por nomes começados com a letra "L"? Pena que o nome de Gute seja Maria Augusta.

Gute pensa mais uma vez em desligar. Mas, já que chegou até ali…

— Não, senhora. Meu nome é Gute.

Agora é que vem uma bomba, do outro lado da linha…

— *Ah… a amiga da Tina?*

Além de ficar #Fria!, #Quente!, #Gelada!, #Fervendo!… de entrar em ebulição e quase em erupção… nesse momento, Gute fica mais vermelha do que um pimentão.

Ela foi descoberta. Tarde demais para se esconder!

— Sou eu, sim.

A empregada fica bem mais simpática.

— *Oi, Gute… é a Aparecida. Tudo bem?*

Não está nada bem! Está tudo péssimo! Terrivelmente péssimo!

— Tudo ótimo, dona Aparecida… e com a senhora?

— *Desculpa, filha. Eu pensei que fosse uma das irmãs do Léo…*

"Irmãs do Léo? Será que o Leonardo da Silva tem uma queda pelas próprias irmãs?"

Quando pensa isso, Gute se sente bem ridícula! Quem é que falou que o garoto tinha quedas por Lucianas e Letícias? Ninguém; a não ser a imaginação de Gute.

E dona Aparecida continua explicando…

— *… ele tá lá nos fundos… espera só um minuto que eu vou chamar… não dá pra transferir dessa linha que você ligou…*

A vergonha que Gute está sentindo pelas coisas que pensou mais a vergonha pela coisa que está fazendo — estar telefonando! — falam mais alto.

— Não precisa chamar, não, dona Aparecida… eu não quero incomo…

Gute para de falar no meio da palavra "incomodar" porque ela percebe que já é tarde demais. Não tem ninguém do outro lado da linha; o que quer dizer que dona Aparecida já foi chamar o Leonardo da Silva.

— *Alô?*

É um "Alô?" calmo... meio sonolento... mas é um "Alô?"... e do Leonardo da Silva! Gute não tem a menor dúvida.

— Tudo bem?

Como Gute se acha ridícula por ter começado a conversa com um "tudo bem?".

"Existe algum cumprimento mais sem personalidade do que tudo bem?"

— *Tudo...*

O cumprimento de Leonardo da Silva também não ajuda muito.

— *... e você?*

Agora, a pergunta dele já sai um pouco menos formal, mas bem pouco.

— Hum-hum... tá ocupado?

— *Eu estava jogando* videogame *com o meu tio.*

— Então você está ocupado.

— *Estava só jogando.*

— Melhor eu desligar.

— *Calma, Gute.*

— Você não disse que estava ocupado?

— *Eu respondi à sua pergunta.*

Pelo tom de voz de Leonardo da Silva, Gute percebe que ele está um pouco irritado. Isso deixa a garota mais nervosa.

— Tô percebendo que eu tô te atrapalhando.

Leonardo da Silva fica um pouco menos irritado...

— *Você não tá me atrapalhando.*

... e Gute, um pouco menos nervosa.

— É que como você não me ligou...

— *Eu liguei, sim... deixei recado...*

"Ele tá mentindo!"

— *... passei mensagem... e tudo!*

"Que menino mentiroso!"

Já ficando furiosa e tentando se proteger de uma possível sessão de enrolação de um menino que se acha lindo o suficiente para esnobar toda e qualquer garota, Gute bombardeia Leonardo da Silva com uma ogiva... quer dizer, com uma ironia...

— Ah... que interessante, Leonardo da Silva...

... e depois com uma pergunta...

— ... e eu posso saber por que eu não recebi sua mensagem, seu recado... e nem o meu celular acusava nenhuma ligação perdida?

Mesmo estranhando totalmente aquele tom arrogante e bélico, Leonardo da Silva não se incomoda de responder...

— *Simplesmente porque você me deu o número errado.*

"Aaaaiiii!!! O que eu faço agora?????"

#CapítuloNove

— E-e-e-e-eu... o-o-o-o-o quê?

Gute, que já estava quase voltando ao normal, congela e ferve ao mesmo tempo. Sua boca seca. Seus poros transbordam...

— *Você me deu o número do seu telefone errado...*

Mesmo estando sozinha em seu quarto, ela não sabe onde enfiar a cara, o que fazer com as mãos... e não sabe se grita... se chora... se ri...

Gute quer morrer! Ou melhor, já está morta! Morta de vergonha!

Ela quer desligar o telefone. Ela quer desligar-se...

— *Gute... caiu?*

A tranquilidade quase irônica com que Leonardo da Silva pergunta se Gute caiu irrita profundamente a garota. Mais do que a deixa envergonhada pelo mico duplo que ela está passando.

Sim, mico duplo: por estar ligando para o Leonardo da Silva (mico 1) para cobrar uma ligação para um número de telefone que ela mesma deu errado (mico 2). Mico 1 + mico 2 = dois micos ou mico duplo!

— ... *Gute?*

Como é superior o tom que Leonardo da Silva usa para chamar Gute!

"Ele deve estar se achando o máximo dos máximos!"

... e achando ela, Gute, a mínima das mínimas. E uma mínima um tanto quanto sem sentido porque deu o próprio telefone errado e ainda por cima telefona cobrando uma ligação impossível.

— *Gute?*

Melhor Gute responder...

— Oi, Leonardo?

— *Pensei que você tinha desistido de mim.*

"'Desistido de mim?' Bem arrogante essa frase. Quem esse bobão pensa que é?"

O pensamento que Gute acaba de ter é porque, pela maneira como o garoto falou, ficou parecendo que alguém desistir de Leonardo da Silva, para ele próprio, é uma coisa totalmente fora de cogitação.

— ... eu tô chocada...

— *Percebe-se!*

— Tem certeza de que eu te dei o número de telefone errado?

Leonardo da Silva repassa com Gute o número do telefone que ela deu a ele — e que, ao que parece, o garoto sabe de cor! — e mostra que tem razão. No lugar do seis final, Gute escreveu o número nove.

E o garoto ainda explica-se um pouco mais...

— ... *procurei seu perfil, pra ficar seu amigo... mas fiquei na dúvida, sabe? Sem saber por que você tinha me dado o número do seu contato errado.*

Depois de um pequeno silêncio, é o próprio garoto quem continua…

— *… por que você me deu o seu telefone errado, Gute?*

Gute não sabe o que dizer. Parece que o garoto sabe…

— *… você não queria que eu ligasse pra você?*

Claro que Gute queria!

— *… se não queria, era só não ter dado o número. Aliás, eu nem te pedi nada.*

"Exibido!"

— Eu não posso ter me enganado?

— *É bem pouco comum, mas pode!*

— Também é bem pouco comum um garoto da sua idade usar esse tipo de construção de frase "bem pouco comum".

Leonardo da Silva demora para entender o comentário de Gute — que ela usou o comentário dele pra comentar o próprio comentário… —, mas, quando entende, o garoto acha um pouco de graça e solta uma risadinha.

Risadinha que Gute imagina ter enchido de covinhas a casa inteira de Tina; uma casa que deve ter uns 800 metros quadrados só de área construída! Sem contar os jardins, a garagem, a piscina, e o terreno que o pai da Tina acaba de comprar, um terreno de mais de 2 mil metros.

— *… esqueci, Gute, que não cabe na sua cabeça um garoto ser bonito e inteligente ao mesmo tempo…*

Gute prefere pensar na casa de Tina — área construída, terreno etc. — para tentar se acalmar um pouco e, quem sabe, encontrar uma forma, pelo menos inteligente, de conversar com o Leonardo da Silva.

— ... desculpa, Gute, eu não quis te ofender. É que eu tô meio sem saber o que dizer, sabe?

"Ué! Ele também?"

— Como assim, Leonardo da Silva? Quer dizer, como assim, Leonardo?

Quando escuta o seu nome completo, Leonardo da Silva dá mais uma risadinha; essa, um pouco mais longa do que a anterior.

Desta vez, as covinhas devem ter ultrapassado a casa da Tina e chegado até o outro lado da rua, onde tem o tal terreno baldio de mais de 2 mil metros que o pai da Tina acaba de comprar.

"Será que o pai da Tina está pensando em comprar o bairro inteiro?"

Gute está deixando aparecerem esses pensamentos meio (?) sem sentido para o contexto da conversa, sobre a casa da Tina etc., para tentar parecer um pouco menos ansiosa do que ela está.

— Por que você falou o meu nome inteiro?

— Eu me confundi.

— Nenhuma garota nunca me chamou com o meu nome inteiro...

"Nenhuma 'das sete mil' garotas, esse exibido deveria dizer!"

— ... a única que fez isso foi pra falar que achava que o meu sobrenome "da Silva" não combinava comigo.

— Deve ser porque é um sobrenome bem comum.

Silêncio! Depois do silêncio, Leonardo da Silva fala com uma voz um pouco mais baixa e um pouco mais tímido do que vinha fazendo.

– *Eu sou um garoto comum, Gute.*

Além da voz um pouco baixa e da timidez, Gute percebe mais alguma coisa no tom de voz de Leonardo de Silva: tristeza. Mas ela finge que entendeu errado.

– Não vem com esse papinho pra cima de mim, Leonardo!

– *Papinho?*

Chega uma mensagem de Nanda no celular de Gute. Ela ignora.

– No que você tá querendo que eu acredite?

– *Como assim?*

O celular insiste. Gute continua ignorando.

– Você não está sendo sincero demais com uma garota que você nem conhece?

– *Eu ouvi um* bipe.

– Uma mensagem…

Chega mais uma mensagem! E mais uma! E mais uma! E o telefone começa a tocar…

– *O seu celular tá tocando, Gute?*

– Agora tá.

– *Por que você não põe no silencioso… ou responde… sei lá…*

– Quer se livrar de mim, é?

– *Não é isso. É porque esse barulho atrapalha a sua concentração na nossa conversa.*

— Espera só um pouquinho, que eu já te ligo de novo...

Gute passa o telefone sem fio para a mão esquerda. Com a mão direita, ela pega o celular e atende...

— Fala, Nanda!

— *E aí?*

— ... e aí o quê?

— Helloouu? *E o gatinho?*

Gute está bem confusa!

— ... eu estava "tentando" falar com ele... mas... "não deixaram"...

Claro que Nanda percebeu que a bronca é para ela!

— *Não acrediiito!*

— Em que, Nanda?

— ... *que você parou de falar com ele pra me atender.*

— Você não parava de me chamar.

Agora, Gute está mais brava do que confusa; quase furiosa!

— *Culpa minha?*

— Eu não disse que eu ligaria pra você quando terminasse?

— *É que você estava demorando tanto... Desculpa!*

Como num passe de bruxaria, a fúria de Gute vira desproteção.

— E agora, Nandinha? O que eu faço?

— *Liga de novo pra ele.*

A desproteção enche Gute de medo.

— Eu tô fazendo tudo errado. Não paro de agredir o garoto. Ele deve estar me achando uma boba.

128

— *O que é muito natural!*

— Tá querendo dizer que eu sou boba?

— *Tô dizendo que todo mundo apaixonado fica bobo mesmo, pelo menos um pouco bobo. No nosso caso, um pouco bobas.*

Gute estranha Nanda ter dito "nosso caso", no plural. É levando o maior susto que Gute pergunta...

— Você também tá a fim do Leonardo?

Nanda acha graça!

— *Claro que não! Eu tô muito bem com o Beto! Só estou dizendo que nós, "garotas", ficamos "bobas" e não "bobos", como os garotos.*

Suspirando aliviada, Gute responde...

— Desculpa. É que eu tô muito insegura.

— *O que também é muito natural.*

— Para de achar tudo natural e me diz: o que eu faço?

— *Liga pra ele de novo.*

Gute continua com Nanda pendurada no ouvido e aperta a tecla *redial* do telefone sem fio, o que quer dizer que é para o aparelho discar novamente para o número com o qual ela estava falando.

Pressentindo que é isso o que está acontecendo, Nanda dá uma gargalhada.

— Do que você tá rindo?

— *Você não me desligou, sua boba!*

Como a tecla *redial* já tinha obedecido ao comando de Gute, a ligação é completada. Ou melhor, aparece o sinal de linha ocupada.

Gute se enfurece…

— Tá dando ocupado…

… se entristece…

— … o Leonardo da Silva deixou o telefone fora do gancho…

… e começa a chorar.

— … ele não quer mais falar comigo.

— *Calma, Gute… talvez não tenha dado tempo de o garoto entender que você desligou, sem querer… ele pode estar esperando na linha.*

— O que eu faço, Nanda?

— *Desliga o celular, desliga a outra linha, espera um pouquinho e liga de novo.*

Temendo esquecer o manual de sobrevivência que Nanda acaba de oferecer, Gute diz "Tá legal, Nanda!" bem rápido, desliga o celular, o telefone sem fio, joga os dois aparelhos sobre a cama e cruza os braços.

"Quanto tempo será que a Nanda quis dizer com 'um pouquinho'?"

Gute aperta um pouco mais os braços no próprio abraço. E ainda um pouco mais, quando escuta o telefone sem fio começar a tocar.

— Quem será?

O telefone insiste. Pisco grita de seu quarto…

— Não vai atender não, é?

Temendo que Pisco venha pegar o telefone, Gute atende.

— Alô?

— *Bateu o telefone na minha cara?*

É Leonardo da Silva. Gute sente-se enganada!

— *Então, você tinha o meu telefone, sim. Mentiroso!*

O garoto se ofende!

— *Você já veio à casa da Tina alguma vez, Gute?*

— Claro que sim!

— *E por acaso já reparou que em todos os "trocentos" cômodos daqui, até nas casinhas dos cachorros, ficam registrados os números de chamada?*

Claro que Gute já reparou.

— Não me lembro.

— *Eu tentei ligar antes, mas estava dando ocupado.*

Gute começa a ficar sem graça...

— Leonardo... desculpa pelo meu papo tão sem graça.

Leonardo da Silva estranha o que acaba de ouvir.

— *Como assim?*

— Eu não tô conseguindo emendar duas frases que façam sentido.

— *Você que pensa que não...*

Procurando algum sinal de arrogância, Gute vasculha cada pedacinho da frase e do tom de voz de Leonardo da Silva. Não encontra nada, além de sinceridade. Uma sinceridade que ela não entende.

— Como assim?

— *Tô achando legal esse jeito...*

"Jeito?"

— *... meio contraditório...*

"Contraditório? Ah... agora ele vai ficar me ofenden-do! Entendi!"

— ... *não é uma ofensa, tá?*

"Chiii! Será que ele lê pensamentos?"

— *Nunca tinha conhecido alguém com o seu jeito...*

"Mentiroso! Pensa que eu vou cair nessa sua conversinha?"

— ... *você tá me ouvindo, Gute?*

— Tô... claro!

— ... *acho que eu tô enchendo você com esse papo, né?*

"Enchendo? Imagina! Tô adorando!"

Depois de uma pausa um pouco longa e intrigante, Leonardo da Silva solta "a" bomba...

— ... *afinal... por que você me ligou, Gute? Pra pedir de volta o livro?*

Alguma coisa dentro de Gute entra em ebulição...

— Não foi pra te falar sobre o livro que eu liguei, Leonardo...

... alguma coisa forte...

— *Não?*

... forte e incontrolável...

— *Então, por que foi que você me ligou, Gute?*

... forte, incontrolável e que invade de coragem to-dos os cantos da confusão que Gute vinha experimentando até aquele momento.

— Eu queria dizer, Leonardo...

— ... *dizer?*

— ... que eu achei você um garoto muito legal.

A frase de Gute parece deixar Leonardo da Silva um pouco decepcionado.

— *Ah... obrigado!*

Aliás, a própria Gute fica decepcionada! Precisava aquela coragem toda para dizer uma coisa assim tão fraca e óbvia como ela acaba de dizer? Espera aí... uma nova onda está se formando dentro de Gute...

— ... eu queria te dizer também, Leonardo...

... e essa onda parece estar vindo com mais força e decisão...

— ... ou melhor, eu queria fazer uma pergunta: o que você vai fazer amanhã, Leonardo?

Leonardo da Silva não perde um segundo; responde no ato...

— *Por enquanto, nada. Por quê?*

— Eu, meu irmão, a Nanda e o Beto e a Camila e o Tui, essas três pessoas que eu falei por último são muito legais e você ainda não conhece... nós vamos ao cinema, à tarde... quer vir com a gente?

#CapítuloDez

Leonardo da Silva não perde um minuto para responder…

– *Eu topo!*

… parece que até o garoto ficou com medo de que a Gute mudasse de ideia e retirasse o convite.

– *Acho que o meu tio não vai achar ruim.*

Ainda bem que Leonardo da Silva foi rápido. Assim que ela terminou de falar, a tal onda de coragem que tinha inundado Gute se desmanchou, morreu na praia e deu lugar novamente ao mar de dúvidas e confusão que a garota vinha sendo até aquele momento.

– *Oi, Gute?*

E mais: Gute tinha inventado uma bela mentira! Ninguém tinha combinado nada sobre ir ao cinema! Gute nem sabia se estava passando algum filme que ela quisesse ver na telona e não em uma das muuuitas telinhas que a cercam!

– *Você ainda está aí?*

E agora?

– Tô, sim. É que eu me engasguei com a saliva de novo.

"Que nojo! Por que falar isso para um garoto? Ainda mais sendo uma mentira!"

— … desculpa, Leonardo.

— *Desculpar o quê?*

— Ah… eu falar, assim, sobre saliva…

Depois de uma risada que deve ter feito as covinhas dele ultrapassarem os limites do bairro de Tina, Leonardo da Silva diz…

— *Ninguém se engasga porque quer!*

— É verdade!

— *Como é que a gente faz?*

— Faz o quê?

Leonardo da Silva estranha — #EMuito! — o comentário de Gute, e também a maneira como ela fala. O tom de voz meio aéreo e distante dá a Leonardo da Silva a impressão de que Gute se desinteressou do cinema.

— *Como assim "Faz o quê"? Desistiu?*

Opa! Uma chance para Gute voltar atrás e desmanchar a sua mentira!

— *Hein, Gute?*

Mas ela não tem coragem de voltar atrás. O peso da vergonha que daria a Gute dizer que tinha inventado tudo e a explicação que teria de ser dada depois disso são maiores que o peso de ter de transformar aquela mentira em verdade.

E até que aquele peso — transformar aquela mentira em verdade — poderia ter como recompensa um encontro com o Leonardo da Silva! Encontro que, ao que parece, estava agradando muito ao garoto.

— Não desisti de nada, não.

— *Então, como é que a gente fica?*

— Se eu não me engano, tem um filme superlegal do… esqueci o nome dele, depois eu te digo… Ai… Esqueci o nome do filme também… mas parece que é superlegal, depois eu te falo… se não me engano, está passando em um *shopping center* que fica entre a minha casa e a casa da Tina…

De onde a Gute tirou isso? Que o filme — que ela nem sabe se existe! — está passando em um *shopping* perto da casa da Tina, onde o Leonardo da Silva está hospedado?

Além de mentirosa, Gute está começando a delirar!

— … quem sabe a minha mãe passa aí, na casa da Tina, e pega você.

Leonardo da Silva deve estar achando tudo bem estranho do outro lado da linha. Mas ele não diz nada! Só faz a estranhíssima conversa andar mais um pouco…

— *Não precisa. Eu peço para o meu tio me levar.*

Um pouquinho de silêncio.

— *Gute?*

O jeito cuidadoso como Leonardo da Silva chama pelo nome de Gute deixa a garota morrendo de medo.

"Será que ele vai desistir?"

— *O quê?*

É com mais cuidado ainda que Leonardo da Silva responde ao "O quê?" de Gute.

— *Mesmo que esse filme que você quer ver não esteja passando aqui perto, não tem problema, tá? Pode ser outro cinema… e qualquer filme… tudo bem…*

Por que será que o Leonardo da Silva disse isso? Será que ele já percebeu a mentira de Gute? Ela quase morre de vergonha!

— Por que você tá dizendo isso?

Leonardo da Silva pensa bem antes de responder.

— *Sei lá… pode ser que os horários não combinem…*

Gute começa a perceber que o garoto do outro lado da linha está bem empolgado, mesmo sem saber o tipo de filme (e se for um filme de amor?)… ou o ator (e se for um ator que ele não goste?)… mesmo assim, Leonardo da Silva está fazendo de tudo para manter o encontro.

"Yeees!"

— *Bobagem minha, Gute! Se já tá tudo combinado, vocês já devem saber os horários…*

Por falar em tudo combinado… e, como não está nada combinado, Gute tem de ser rápida!

— Vou confirmar e depois eu te ligo de novo, tá, Leonardo?

— *Tchau, um beijo!*

— Tchau… outro.

Antes de desligar, Gute e Leonardo Silva trocam seus contatos.

Assim que ela coloca o telefone sem fio no gancho da sala, Gute entra em ação. Ela pega o celular para escrever para Nanda…

"Não! Melhor ligar!"

Já com o celular na mão, Gute muda de ideia!

"Melhor procurar o filme antes."

Gute acessa a internet pelo celular e abre um site sobre filmes em cartaz. Vasculha cada indicação com os olhos superacelerados... e vai ficando aflita... aflita... cada vez mais aflita...

Não está passando nada de que ela goste! Só filmes de guerra, de drama familiar, de super-herói (e nenhum dos super-heróis que ela curte!).

"Tô perdida!"

Quando já está quase arrancando os cabelos, Gute se lembra de pedir ajuda a Nanda.

Sim, Nanda pode e Gute prefere ligar. Assim que ela resume a (#Estranha!) conversa e o (#Perigoso!) desdobramento dela, Nanda começa a ajudar Gute do outro lado da linha.

— *Olha, Gute! Tem um documentário superlegal sobre a água.*

— Documentário? Não é muito sério?

É a própria Gute quem encontra uma outra alternativa!

— ... e esse desenho animado?

Gute está falando sobre a pré-estreia de um desenho animado em 3D de um garoto tão conectado que está virando um robô.

— *Desenho animado?*

— O Leonardo da Silva disse que o filme não importa.

— *Não importa pra ele; mas pra mim importa, Gute!*

Meu pai teve que diminuir a minha mesada mais uma vez e o cinema custa muito caro.

Gute calcula quanto dinheiro ela tem guardado. Não é muito!

— Eu pago o seu ingresso, Nanda.

Nanda calcula quanto dinheiro ela tem guardado! Não é muito, mas dá pra ela mesma pagar o cinema. Depois ela calcula quanto gosta de Gute e diz...

— *Eu mesma pago, Gu!*

Gute fica eufórica!

— Então você topa?

— *Não acabei de dizer que eu mesma pago o meu cinema?*

— Agora eu vou ligar pra Camila e pro Tui.

Tui é o namorado da Camila.

— ... *ele foi para a praia com a família do Alê.*

— Então, vou ligar só pra Camila.

— *Tá legal. Vou ligar pro Beto e ver se ele quer ir com a gente... se o Beto não for, vamos nós duas e a Camila...*

Passa pela cabeça de Gute uma das piores regras impostas pelos pais dela (pra não dizer a pior!)...

— Meu irmão tem que ir junto, Nanda.

Depois da breve e chata explicação de Gute, Nanda entende como são as regras na casa dela e comemora mais uma vez ser filha única.

Gute e Nanda desligam e cada uma vai fazer a sua parte para que o plano continue andando. Nanda liga para Beto, e Gute, para Camila.

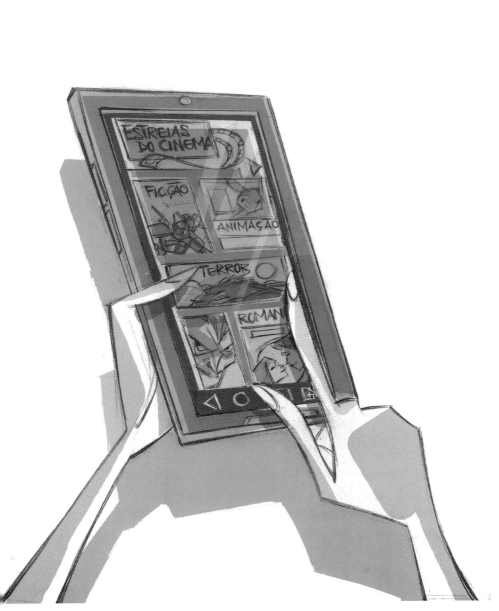

Em dois segundos, Camila entende tudo o que Gute armou e vibra pela coragem da amiga...

— *Vai ser o desenho animado mais legal que eu já assisti na vida!*

— Obrigada, Camila. Eu peço pra minha mãe passar aí na sua casa pra te pegar.

— *Não precisa. A minha mãe vai adorar peruar no shopping, meu pai tem que trabalhar. A firma dele não emendou o feriado.*

Mais alguns pulsos de papo, as duas desligam. E Gute suspira...

"Falta falar com o Pisco!"

Chega uma mensagem de Nanda para Gute...

Gute respira ainda mais fundo! Na verdade, Gute tem também que falar com seus pais. Mas ela sabe que, dependendo de como seja a conversa com Pisco, sua mãe e seu pai não vão se incomodar com o programa.

— Pisco?

A porta do quarto de Pisco está fechada. Pelos ruídos metálicos que Gute escuta, ele CONTINUA jogando *videogame*.

— Pisco?

Antes de chamar de novo, Gute bate na porta com alguma força. Outro som sai de dentro do quarto…

— Droga!

Gute escuta o som, dentro do quarto, de um murro sendo dado em uma mesa — um murro de Pisco! —, seguido de uma voz metálica que parece estar zoando alguém…

— *Game is over!*

Sinal de que Pisco acaba de perder no jogo e, provavelmente, por causa da interrupção da concentração que os chamados e batidas na porta do quarto causaram.

Gute percebe que chegou em uma péssima hora — quando Pisco jogava *videogame* — e que fez o pior que poderia ter feito — ajudou seu irmão a perder no jogo!

"Melhor eu dar o fora!"

Enquanto Gute escapa pelo corredor, ela escuta a porta do quarto de Pisco se abrindo e a voz de seu irmão, um tanto quanto mal-humorado.

— Tá fugindo de quê?

Totalmente envergonhada, Gute para e se volta para Pisco.

— Desculpa…

Muito curioso, Pisco quer saber…

— Desculpar o quê?

— Eu fiz você perder o jogo.

Pisco não se ofende…

— Eu já ia perder mesmo.

E a curiosidade do garoto vira desconfiança…

— O que você queria me pedir?

— Pedir?

— Você só bate no meu quarto pra pedir alguma coisa.

O tom intrigado e superior de Pisco não está ajudando em nada Gute a relaxar a sua tensão.

— Depois eu falo.

Gute sai andando. Pisco anda mais rápido, ultrapassa Gute e para na frente dela, o que faz com que a garota seja obrigada a parar também.

— Me dá licença, Pisco.

— Tô ouvindo você já faz algum tempo.

— Eu preciso ir ao banheiro, Pisco!

Pisco aponta a direção contrária à qual Gute tentava ir…

— O banheiro é pra lá.

— Dá licença. Eu quero passar.

— O que tá acontecendo?

— Como assim?

— Você "falou" com a Camila, "falou" com a Nanda… pra vocês "falarem", em vez de escreverem, o assunto deve ser sério.

Ah! Deve ser por isso que Pisco perdeu o jogo! Estava ligado nos movimentos da irmã.

— Eu não sabia que eu sou monitorada por meu irmão vinte e quatro horas por dia.

— Só quando eu vejo você correndo perigo.

"Lá vem ele…"

— Aonde é que você quer que eu vá junto, irmãzinha?

"Como é que ele sabe?"

— Ao cinema?

Gute desiste de pedir a ajuda de Pisco. Ele está usando um tom muito superior e intrigado, que mostra que qualquer ajuda dele vai sair cara.

— Dá licença, Pisco! Eu preciso passar.

— Você quer que eu vá junto com você e suas amigas ao cinema. Quer dizer, você precisa que eu vá. Senão o papai e a mamãe não deixam você ir…

Pisco interrompe a sua frase no verbo ir, mas fica claro que ele teria ainda muitos outros verbos a conjugar!

O garoto só está querendo que Gute participe da conversa. E ela tenta fazer isso, com um tom falsamente eufórico.

— A história é muito legal.

Pisco não está nada interessado!

— História legal. Sei.

— … o visual supermoderno…

— Visual supermoderno.

— … os criadores já usaram alguns efeitos que parecem 5D!

Gute não tem a menor ideia sobre o que acaba de falar; nem se isso faz algum sentido. Mas ela queria valorizar o desenho do tal menino que está virando robô. Talvez seja por isso que a garota foi tão eufórica.

145

— 5D! Sei…

Pela maneira fria e calculada como Pisco repete a euforia de Gute, várias coisas ficam claras: que ele está percebendo que aquela euforia é falsa, que aqueles termos todos estão querendo camuflar os verdadeiros fatos…

— Gute, a que horas você vai me dizer que é um desenho animado para quem tem idade mental de um ano e meio e que, ainda por cima, não tem versão com legendas… é dublado em português? Sim, porque a maioria dos desenhos que passam no cinema durante o dia é dublado.

Pronto! O programa de Gute foi por água abaixo. O sonho dela acabou. O mundo da garota caiu. Gute desaba, desmancha-se e começa a se dissolver em arrependimentos.

— Desculpa, Pisco!

Um pedido de desculpas era a última coisa que Pisco esperava.

— Desculpar "o que", exatamente, desta vez?

— Eu subestimei você.

Pisco começa a gostar da sinceridade de Gute.

— Tentou subestimar.

— É que eu tô muito atrapalhada, sabe?

— Claro que eu sei.

— Além das coisas que aconteceram aqui em casa… dentro de mim também não param de acontecer coisas… que me deixam confusa… até naquele nosso papo, você me falou coisas tão… sei lá… profundas… e sérias… que eu levei o maior susto.

Gute fala baixo, quase triste, quase cansada. Pisco

não está mais tão intrigado; e nem está tão irônico quanto vinha sendo.

Ele começa a falar mais baixo também...

— Acho que nós estamos tendo que aprender rápido.

O fato de Pisco ter se incluído no tal aprendizado rápido de Gute acende uma luz dentro da garota.

— "Nós"?

— Claro, né, Gute?

— Não tô entendendo.

— As coisas que eu falei pra você, eu nunca tinha tido que pensar sobre elas.

O sorriso que Gute lança para Pisco é quase triste.

— A gente acaba aprendendo, não é, Pisco? De um jeito ou de outro.

... e ela se desvia dele e segue pelo corredor com destino ao próprio quarto.

— Ué, Gute? Desistiu?

A maneira animada como Pisco faz essa pergunta chama a atenção de Gute. Ela para novamente, mas não diz nada.

Quem fala é Pisco...

— Você não armou tudo isso, escolheu essa porcaria de desenho, chamou suas amigas, me subestimou... só pra ir com aquele bobão do Leonardo da Silva ao cinema?

Gute fica sem graça.

— Mas é melhor deixar pra lá.

Pisco vai até Gute.

— Deixar pra lá nada, Gute! "Nós" vamos ao cinema,

SIM, assistir ao desenho do menino-robô... e ainda dublado.

— Não tô te entendendo, Pisco.

— Como é que você vai saber se esse garoto vale ou não vale a pena?

Quase que Gute cai para trás!

— Quem fez tudo o que você fez merece uma chance, Gute!

Agora, sim, Pisco superou todas as expectativas dela!!!

— Vamos lá convencer a mamãe e o papai... mas já que você não vai ter que pagar o ingresso da Nanda, porque eu escutei isso muito bem, paga o meu, tá?

Claro que Gute aceita a pequena chantagem de Pisco. Os pais deles concordam. Gute combina por mensagens os detalhes com Leonardo da Silva, com Nanda e Camila... e, no dia seguinte, um pouco antes das quinze para as quatro — a sessão começa às quatro horas —, Gute, Pisco, Nanda e Camila chegam ao cinema para esperar Leonardo da Silva, que irá até lá com o tio.

Ou melhor, iria até lá com o tio.

Chega a hora de a sessão começar... passa da hora de a sessão começar... a sessão começa... e Leonardo da Silva não aparece.

#CapítuloOnze

Além de não aparecer, Leonardo da Silva não escreveu. Não telefonou. Não mandou recado. Não fez sinal de fumaça. Nada!

Gute tem o celular do garoto (que está *off-line*) e já sabe de cor o número da casa de Tina. Mas ela não acha que seja o caso de ligar para um número e nem para o outro.

— Vocês não vão entrar?

Gute vira estátua na porta do cinema. Uma estátua de tristeza, de vergonha, de medo e de confusão.

— A sessão já começou faz tempo...

... e, o que é pior, uma estátua que não tem a menor ideia do que fazer com a tristeza, a vergonha, o medo e a confusão que estão dando forma a ela.

— ... e o filme vai começar em um minuto.

A maneira como a senhora que trabalha na entrada da sala de cinema, recolhendo ingressos, tem de insistir que a sessão já começou e que o filme propriamente dito — no caso, o desenho animado propriamente dito! — está para começar não é nada invasiva; é só didática.

Afinal, aquelas três garotas e o garoto simpáticos compraram ingressos e devem estar ali para ver o desenho. Na verdade, a funcionária fala de um jeito até bem carinhoso. Ela percebe pelo silêncio daquelas quatro bocas que tem alguma coisa delicada acontecendo ali.

— Vocês estão esperando alguém?

Claro que estão. Ela sabe que estão. Tem um ingresso a mais na mão de uma das garotas — a Gute —, e bem visível!

— Por que não entram alguns, e um de vocês fica esperando a pessoa que falta?

Já que ninguém responde ou reage às ideias dela, a bilheteira sente que está sobrando ali e se afasta. Isso também não leva ninguém a dizer ou fazer nada.

Parece que todos esperam uma atitude de alguém. Mas de quem? E o quê?

De Gute? Pode ser...

— É melhor a gente entrar.

Desnecessário escrever, mas fica evidente que a sugestão de Gute é mais por educação do que por achar que entrar na sala de cinema seja mesmo o melhor a ser feito.

O único lugar em que Gute gostaria de entrar seria uma toca escura. E ficar de olhos, ouvidos e boca bem fechados.

— ... vamos...

Nanda, Camila e Pisco seguem Gute em direção à entrada da sala de cinema. Um pouco antes de chegar à catraca...

— Para tudo!

Para dar o exemplo, Pisco para primeiro; foi ele quem falou. Nanda e Camila também param. Gute segue andando. Pisco segura a irmã pelo braço; sem força, mas com decisão.

— A sessão já vai começar, Pisco!

— E quem aqui está interessado em um menino que tá virando robô?

Dessa vez, além de surpreender Gute — que também se vê obrigada a parar —, Pisco surpreende também Nanda e Camila, que, mesmo pensando como ele, não podiam imaginar que o garoto pensasse como elas. Ou que seria ele e não uma delas a dizer aquilo que Nanda e Camila também queriam dizer.

A surpresa anima Nanda...

— O Pisco tem razão, Gute.

E anima ainda mais Camila...

— A gente faz o que você quiser, Gutinha.

Gute disfarça todas as coisas tristes que está sentindo em um tom irado.

— Se ele não quis vir, problema dele.

— "Dele" e seu... né, Gute?

Olha o Pisco aí surpreendendo de novo! É ainda mais irada que Gute responde ao irmão.

— Eu cheguei até aqui...

Óbvio que com o "até aqui", muito mais do que à porta da sala de cinema, Gute está se referindo às barreiras que ela ultrapassou dentro e em volta dela mesma, desde que conheceu Leonardo da Silva.

— ... eu cheguei até aqui... pra seguir daqui pra frente,

eu precisaria que o Leonardo também quisesse vir junto.

Vendo a ira virar tristeza em dois segundos, Camila tenta dar ao furo de Leonardo da Silva um outro ponto de vista.

— E se o tio do Leonardo não conseguiu estacionar?

Gute prefere continuar olhando com os seus próprios olhos tristes.

— Ninguém entra em um estacionamento de *shopping* pra deixar um garoto daquele tamanho. O tio do Leonardo só ia deixar ele na porta do *shopping* e ia jogar bola.

Depois de suspirar, Gute conclui…

— Se ele tivesse mandado pelo menos uma mensagem! E mais: as pessoas só ficam *off-line* quando não querem ser incomodadas.

Renasce uma esperança, pelo menos em Nanda.

— Vai ver é porque ele tá chegando.

Gute se aborrece.

— *Helloouu*? Nanda? Quando a pessoa vai se atrasar um pouco, geralmente, ela avisa. O Leonardo não está chegando. Eu tenho certeza.

— E do que mais você tem certeza?

Pelo jeito decidido como Pisco faz essa pergunta, fica claro para Gute que ele tem muito mais a dizer.

— E é preciso ter certeza de mais alguma coisa, Pisco? O Leonardo da Silva é um garoto esnobe… que brincou com os meus sentimentos esse tempo todo… e que só está…

— A única certeza que você pode ter até agora é de que ele não veio…

A pausa de Pisco é para dar um tom mais definitivo ao

que ele quer dizer.

— … só tem um jeito para ter as outras certezas.

— Qual?

— Ligando pra ele.

— Nem morta!

Revirando os bolsos da calça cheia de bolsos, Pisco entra em ação.

— Morta é que você não ia ligar mesmo.

Gute conhece Pisco muito bem, e não gosta nada do excesso de movimentos de seu irmão.

— O que é que você tá procurando, Pisco?

Pisco encontra o celular e mostra para Gute.

— Mais nada. Acabei de achar!

— Você não vai se meter desse jeito na minha vida.

Ligar o telefone, que Pisco já tinha desativado para entrar no cinema, e chegar à letra "T" da memória do celular, para ele, é fácil…

— Você é que pensa!

… encontrar o nome de Tina, procurar no contato "casa", selecionar o número e apertar "ligar", então, mais fácil ainda.

— Você não tem esse direito, Pisco.

— Não é direito, é obrigação.

Secretária eletrônica. O garoto se aborrece.

— Droga!

— Bem feito, Pisco!

Quando Pisco vai guardar outra vez o celular em um dos milhares de bolsos, ele sente o aparelho vibrar. Sinal de que chegou mensagem. Pisco confere...

— Caramba!

... e se assusta...

— Tem dez chamadas... e cinco mensagens na minha caixa...

... e confere os números, ou melhor, o número...

— ... são todas lá de casa.

Gute se assusta!

— O papai tá sozinho... será que aconteceu alguma coisa?

Pisco se esquece de que o número do telefone de sua casa é o primeiro da memória do celular. Usando a própria memória, Pisco digita os oito números e a ligação é completada.

— Pai?

— *Tô tentando falar com vocês há um tempão. O celular de Gute nem dá sinal. Por isso, eu deixei recados pra ela na sua caixa.*

Para o pai de Pisco liberar mais créditos para o celular dele, o assunto deve ser sério.

— Eu não ouvi os recados.

— *É que o segurança do pai da Tina ligou.*

— Melhor você falar direto com a Gute, pai.

Pisco entrega o celular a Gute, que acompanhava tudo aflita.

— É pra você.

É ainda mais aflita que Gute escuta do pai que, enquanto seu André levava Leonardo da Silva para o *shopping*, o garoto passou mal e teve de ir para o hospital.

— Hospital, pai?

— *Aquele hospital que tem aí perto do* shopping, *onde eu tentei te levar ao pronto-socorro, quando você quebrou o pé, mas o meu plano de saúde não cobria.*

Mesmo nervosa, Gute se lembra perfeitamente do hospital e de onde ele fica.

— Sei. Mas o que é que o Leonardo tem?

— *O André não sabia direito. Mas deixou o número do celular dele. Por que você não liga pro seu André, filha?*

Tentando ligar para seu André, Gute resume para as amigas e para o irmão o que aconteceu; pelo menos a parte que ela sabe do que aconteceu.

— Tá sem sinal.

— Então, vamos lá no hospital.

A ideia de Pisco é aceita imediatamente. Já na calçada, Gute liga para a mãe dela, que combinou com a mãe da Camila de ficarem vendo vitrines enquanto as filhas iam ao cinema.

Depois de um resumo rápido e de garantir para a mãe que entre o *shopping* e o hospital são só duas quadras, Gute tem a autorização da mãe.

— Não, mãe… não tem nem que atravessar a rua.

— *Está bem, mas me liga do hospital, por favor.*

Em menos de dois minutos, Gute, Nanda, Camila e Pisco estão tentando entrar no pronto-socorro do hospital, onde um bando de garotos e de garotas (principalmente de garotas!) se acotovela, com celulares e câmeras na mão.

— Quem será que tá internado aqui?

É Pisco quem desvenda o mistério, consultando a internet.

— Alguém postou que o Young Eliot tá internado aqui!

Também é Pisco quem vê, dentro do pronto--socorro, seu André. Ele está perto da porta e fala com dois seguranças.

— Vamos lá.

Gute desanima!

— Nós não vamos conseguir entrar.

Pisco tem uma ideia, olha para Camila e Nanda e...

— ... vocês esperam um pouco?

Claro que Nanda e Camila entendem o que Pisco tem em mente e concordam em esperar.

— Vem, Gute!

Puxando a irmã pela mão, Pisco tem alguma dificuldade... mas consegue furar a barreira de meninas e chegar até seu André.

A conversa entre os dois é curta. Sob protestos das meninas e meninos que queriam entrar, os seguranças permitem que Gute e Pisco passem para o saguão do pronto-socorro.

— Obrigada, seu André!

Mesmo com a garotada estando contida lá fora, a recepção está uma confusão. Os telefones não param de tocar pedindo a confirmação de que Young Eliot está mesmo ali...

— ... até a imprensa está vindo pra cá.

Enquanto seu André dá essa explicação, Gute percebe quanto ele está atrapalhado, triste e preocupado.

156

— Como ele tá, seu André?

Ainda bem que Pisco fez essa pergunta. Gute não teve coragem.

— Eu estava levando o menino pro *shopping* e ele começou a ter cólicas. Eu nunca tinha visto uma das crises dele, sabe?

Pela maneira como seu André fala, fica parecendo para Gute que ele acha que ela sabe mais do que de fato sabe sobre a saúde do Leonardo da Silva.

— Eu não sabia que o Leonardo tinha cólicas.

— Pensei que você soubesse. Meu sobrinho está com uma gastrite nervosa. Essa é uma das razões por que ele está aqui em São Paulo. Eu vou levar o menino a um especialista. Depois o Leonardo explica melhor para você.

— Mas… como ele está?

Agora, sim, foi Gute quem perguntou.

— A enfermeira deu um remédio para passar a dor, e o Leonardo dormiu. O médico está conferindo o resultado dos exames. Ainda bem que o meu plano de saúde dá direito a um quarto individual. Eu coloquei o Leonardo como meu dependente.

Só agora Gute percebe que seu André segura o livro que ela tinha emprestado ao Leonardo da Silva.

— Esse livro é seu, não é, Gute?

— Hum-hum.

— Acho que o Leonardo ia devolver.

Enquanto seu André entrega o livro a Gute, cai de dentro dele uma folha de papel dobrado. Seu André pega o papel no chão e logo reconhece nele um bilhete.

— Deve ser pra você, Gute.

E é! Gute pede licença para se afastar e ler o bilhete.

Nem seria preciso. Seu André diz que vai até o quarto conferir se o médico terminou o exame...

— Eu já volto.

Sozinha, parada naquele corredor de hospital, que cheira a remédios, e com o coração disparado, Gute abre o bilhete o mais lentamente que consegue, como se quisesse prolongar para sempre a delicada alegria que está sentindo.

Oi, Gute. Como no cinema vai ter uma galera e eu não sei se nós vamos ter chance de conversar, eu queria que você soubesse que eu achei você a garota mais legal e interessante e apaixonante que eu já vi. Por tudo. Pela sua delicadeza. Pela sua braveza. Pela sua segurança. Pela sua insegurança. Pelo seu medo. Pela sua coragem.

Eu estou passando por um momento bem complicado. Meus pais estão se separando de um jeito meio chato, fiquei até meio doente (uma gastrite nervosa) e preciso me cuidar agora. Mas, se você não achar que um garoto, só porque é um pouco bonito (eu nem me acho tão bonito assim!) ou porque está fazendo um tratamento de saúde... se você não achar que um garoto assim não pode querer ter uma namorada, eu gostaria de saber se você aceita namorar comigo.

Os detalhes (distância, gastrite nervosa, braveza, beleza...) nós vamos acertando. Eu vou te falar tudo isso pessoalmente, mas eu queria que parasse de parecer pra você que eu não tô nem aí para o seu interesse por mim.

Depois a gente se fala.

Leonardo da Silva.

Como se fosse uma cena de comédia romântica, exatamente quando Gute termina de ler o bilhete, o tio de Leonardo da Silva volta ao corredor.

A garota não tem nem tempo de ficar no mundo da lua, nem de ver borboletas, nem de ouvir um coro de anjos. Só a voz de seu André, aliviado...

— O pior já passou.

Já que a coragem de Gute impulsionou a garota para tantas novas direções, não custa nada ela ir mais adiante.

— Eu posso ver o Leonardo?

É evidente que seu André gosta muito do pedido de Gute.

— Eu falei que vocês estavam aqui. O médico achou melhor entrar só uma pessoa.

É com um enorme sorriso que Gute concorda com o médico.

— Eu também acho.

— Só não repara que o Leonardo ainda está bem pálido.

— Não tem problema, seu André.

— Então, vem, Gute.

Seu André segue com Gute pelo corredor, abre a porta do quarto número oito e, para surpresa de dela, ele não entra, faz sinal para que ela entre sozinha.

— Eu espero aqui fora.

Gute entra e percebe que seu André deixou a porta aberta. Bem devagar, ela caminha em direção à cama onde Leonardo da Silva está deitado com a própria roupa e sem os tênis.

Ele está mesmo muito pálido e com os olhos quase fechados.

Quando sente a sombra de Gute, Leonardo da Silva olha para cima — e para ela — e sorri. Seu sorriso enche o quarto de covinhas pálidas.

— Gute…

Para conseguir sussurrar no ouvido do garoto, Gute tem que se curvar um pouco.

— Fica quietinho.

— Você leu…

Não é a voz de Gute o que interrompe a fala de Leonardo da Silva. São os lábios dela que se juntam aos dele em um beijo selinho bem curto… que faz a cor começar a voltar ao rosto do garoto… e faz com que Gute fique feliz, mas tão feliz… que se ela não segurasse na mão de Leonardo da Silva, provavelmente sairia voando pelo quarto… pelo corredor… pelo pronto-socorro… como se ela fosse uma borboleta.

Final feliz.

Os livros de **Toni Brandão** chegam a marca de três milhões exemplares vendidos e discutem de maneira bem-humorada e reflexiva temas próprios aos leitores pré-adolescentes, jovens e jovens adultos; apresentando as principais questões do mundo contemporâneo.

Seu *best-seller #Cuidado: garoto apaixonado* já vendeu mais de 400 mil exemplares e rendeu ao autor o Prêmio APCA (Associação Paulista de Críticos de Arte).

A editora Hachette lançou para o mundo francófono a coleção *Top School!* e a editora norte-americana Underline Publishing prepara para 2022 o lançamento dos títulos *Perdido na Amazônia* e *Dom Casmurro: o filme*.

A versão cinematográfica de seu livro *Bagdá, o skatista!*, dirigido por Caru Alves de Sousa, recebeu um importante prêmio da Tribeca Foundation, de Nova York, também venceu o 70º Festival de Berlim – na categoria Mostra Generation 14plus – e está sendo distribuída mundialmente pela prestigiada Reel Suspects.

Toni criou, para a Rede Globo de Televisão, a recente versão do *Sítio do Picapau Amarelo*. O autor participou como convidado da Feira de Frankfurt (Alemanha) e da Flip (atualmente a mais prestigiada feira de livro no Brasil), na cidade de Paraty (RJ).

Instagram: @tonibrandao

Ricardo Girotto

Dave Santana nasceu em Santo André-SP, no ano de 1973. Com seu traço versátil, trabalha como chargista, caricaturista e ilustrador de livros. Seu trabalho já lhe rendeu vários prêmios em salões de humor pelo país. Em 2006, foi contemplado com a menção Altamente Recomendável FNLIJ, pelas ilustrações do livro *Histórias do Brasil na Poesia de José Paulo Paes*, publicado pela Global Editora.

Dave ilustrou livros de grandes autores como *O outro Brasil que vem aí*, de Gilberto Freyre, *Os escorpiões contra o círculo de fogo*, de Ignácio de Loyola Brandão, e *Sequestro em Parada de Lucas*, de Orígenes Lessa, da Global Editora. Como autor, publicou pela mesma editora os infantis *Cadê meu cabelo?*, *Caiu na rede é peixe*, *Galo bom de goela* e *O pequeno crocodilo*.

Leia também de Toni Brandão

Os recicláveis!

Os recicláveis! 2.0

O garoto verde

Caça ao lobisomem

Aquele tombo que eu levei

2 x 1

Guerra na casa do João

O casamento da mãe do João

Tudo ao mesmo tempo

A caverna – Coleção Viagem Sombria

Os lobos – Coleção Viagem Sombria

Os raios – Coleção Viagem Sombria

Perdido na Amazônia 1

Perdido na Amazônia 2

Tina

Neste primeiro volume da coleção *"#Cuidado garotas apaixonadas"*, Toni Brandão mergulha no universo dos adolescentes e cria uma narrativa que retrata as relações pessoais e sociais das personagens, estudantes de uma escola de classe média. A personagem que dá título ao livro, Tina, destoa do grupo. Muita rica, humilha e manipula os colegas e exibe exageradamente sua condição social.

E já no primeiro dia de aula, Tina quer garantir sua popularidade, porém se surpreende com uma nova aluna que ganha a atenção de todos.

Assim se iniciam os conflitos, e Tina parte para conquistar o coração de Alê.

Nanda

As personagens são as mesmas de *Tina*. E alguns conflitos se repetem neste segundo volume: os grupinhos, as rivalidades, as intrigas, os afetos. Todos, como não podia deixar de ser, hiperconectados, com os seus celulares. Muita *selfie*, muita postagem.

Vamos acompanhar as descobertas e as vivências de Nanda, que agora é a protagonista, enquanto ela lida com questões pelas quais todos os jovens passam ao se defrontarem com tantas emoções e confusões, como a morte do avô, a expectativa do primeiro beijo, a descoberta do amor.

Nanda também tem um dilema para resolver: Beto 1 ou Beto 2?

#Cuidado garoto apaixonado

Cuidado! O primeiro amor pode chegar numa flechada e deixar qualquer um com o coração batendo no joelho – isso mesmo!

Não é fácil ser adolescente, se descobrir e tentar entender o mundo. Assim acontece com Tui e com seu melhor amigo, Alê, que conhecem logo no primeiro dia de aula uma garota de boné e batom vermelho. Em *#Cuidado garoto apaixonado*, o *best-seller* de Toni Brandão, tudo sai do lugar, sentimentos ficam confusos e o garoto apaixonado vai ter que lidar com a vontade do seu coração.

Uma narrativa que agrega sentimentos, dramas, dilemas e emoções conflitantes, próprios do leitor juvenil, com temas pertinentes à qualquer época. Esta nova edição, publicada pela Global Editora, foi atualizada pelo próprio autor. As ilustrações são de Orlando Pedroso. Em 2009, a obra foi adaptada para o teatro e Toni Brandão venceu o Prêmio APCA, na categoria de melhor autor infantojuvenil pela adaptação do texto para teatro.

Impresso por :

gráfica e editora

Tel.:11 2769-9056